LES

RELIQUES VIVANTES

OUVRAGES DU MÊME AUTEUR :

DIMITRI ROUDINE . . . . 1 vol. 3 fr.

FUMÉE (préface de Mérimée) . . . . 1 vol. 3 fr.

UNE NICHÉE DE GENTILSHOMMES . . . . . . 1 vol. 3 fr.

NOUVELLES MOSCOVITES . . . . 1 vol. 3 fr.

ÉTRANGES HISTOIRES . . . . 1 vol. 3 fr.

LES EAUX PRINTANIÈRES . . . . 1 vol. 3 fr.

LES RELIQUES VIVANTES . . . . 1 vol. 3 fr.

Paris. — Typographie Georges Chamerot, rue des Saints-Pères, 19.

I. TOURGUÉNEFF

LES

RELIQUES VIVANTES

✳

LA MONTRE
ÇA FAIT DU BRUIT!
POUNINE ET BABOURINE
LES NOTRES M'ONT ENVOYÉ.....

✳

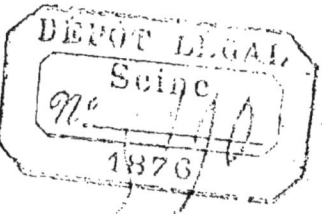

PARIS

J. HETZEL ET Cⁱᵉ, LIBRAIRES-ÉDITEURS

18, RUE JACOB, 18

LES

RELIQUES VIVANTES

FRAGMENT INÉDIT DES RÉCITS D'UN CHASSEUR.

« Pêcheur sec et chasseur mouillé font triste
figure, » dit un proverbe français. N'ayant
jamais eu la passion de la pêche, il m'est impossible de juger des impressions que ressent le
pêcheur par une belle journée de soleil, ou
d'apprécier jusqu'à quel point, par un temps
pluvieux, le plaisir d'une abondante récolte peut
compenser l'ennui d'être mouillé jusqu'aux os.
Mais, pour un chasseur, la pluie est une véritable
calamité.

Cette calamité nous échut en partage, à moi
et à mon fidèle Ermolaï, un jour que nous étions
allés, dans le district de Bélef, chasser le coq de
bruyère. La pluie tombait sans interruption
depuis la première aube du jour. Que ne fîmes-

I

nous pas pour l'éviter ! Nous avions relevé nos
imperméables jusque par-dessus la tête, et nous
nous mettions sous des arbres afin d'être un peu
moins exposés... Seulement, nos prétendus imperméables, outre qu'ils nous gênaient beaucoup
pour tirer, se laissaient traverser par l'eau sans
la moindre vergogne; quant à l'abri des arbres,
il est vrai que, pendant les premiers moments,
nous nous y trouvions presque à sec; mais puis,
tout à coup, la réserve d'eau accumulée dans le
feuillage faisait irruption, et chaque rameau,
transformé en gouttière, nous arrosait d'une
douche glacée, qui, se glissant sous nos cravates,
nous ruisselait le long de l'épine dorsale... C'était
la fin des fins! pour employer l'expression fami-
lière d'Ermolaï.

« Non, Pierre Pétrovich, s'écria-t-il poussé
à bout, ça ne peut plus marcher; il n'y a pas
moyen de chasser aujourd'hui. Nos chiens n'ont
plus de flair, nos fusils ratent. En voilà du gui-
gnon !

— Que faut-il faire? lui demandai-je.

— Allons à Alexéïevka. C'est un petit hameau,
— vous ne savez peut-être pas, — qui appartient
à votre mère. Il n'y a que huit verstes d'ici là.
Nous y passerons la nuit, et demain...

— Nous reviendrons ici?

— Non, pas ici. Je connais des endroits, derrière Alexéievka, bien meilleurs que ceux d'ici
pour le coq de bruyère. »

Je ne demandai pas à mon fidèle compagnon
pourquoi il ne m'avait pas conduit du premier coup dans ces endroits-là, et, le jour
même, nous arrivâmes au petit hameau dont, à
parler franchement, je n'avais pas jusque-là
soupçonné l'existence, bien qu'il appartînt à ma
mère. Ce hameau avait pour habitation seigneuriale une maisonnette extrêmement vieille, mais
inhabitée, et par conséquent propre, où je passai
une assez bonne nuit.

Le jour suivant, je m'éveillai de fort bonne
heure. Le soleil venait de se lever; pas un nuage
au ciel; à l'entour tout resplendissait du double
éclat des jeunes rayons du matin et de l'abondante pluie tombée de la veille. Pendant qu'on
attelait ma carriole, je m'en allai flâner dans un
petit jardin, jadis fruitier, redevenu sauvage, qui
entourait la maisonnette d'un fourré de végéta-
tion fraîche et parfumée. Ah! qu'il faisait bon
errer ainsi à l'air libre, sous un ciel clair où
tremblotaient des alouettes, et d'où tombaient
comme des perles d'argent les notes de leur voix
fluette et sonore! On eût dit qu'elles avaient emporté des gouttelettes de rosée sur leurs ailes, et

leurs chansons semblaient de même imprégnées
de rosée. J'ôtai mon chapeau et je respirai joyeu-
sement à pleins poumons. Sur le penchant d'un
ravin peu profond, tout auprès de la haie, on
apercevait un rucher; un étroit sentier y conduisait, glissant entre deux épaisses murailles d'orties et de fougères parmi lesquelles, apportés
Dieu sait d'où, quelques pieds de chanvre au
feuillage sombre dressaient leurs quenouilles aiguës.

Je suivis ce petit chemin, et j'atteignis le rucher. Tout à côté s'élevait un de ces petits han-
gars de branchages, nommés *amchaniks,* où
l'on remise les ruches pendant l'hiver. Un coup
d'œil jeté à travers la porte entre-bâillée me fit
voir un réduit ombreux et calme; l'air y était sec
et sentait la menthe et la mélisse. Dans le coin,
sur une estrade en planches gisait une espèce de
petite figure, enveloppée d'une couverture... J'allais me retirer...

« Monsieur! monsieur! Pierre Pétrovitch! »

C'était une voix faible, traînante, enrouée,
semblable au bruissement des joncs dans un marais... je m'arrêtai.

« Pierre Pétrovitch! approchez, je vous en
prie! » répéta cette voix qui partait du coin où
j'avais remarqué l'estrade.

Je m'approchai et je restai pétrifié d'étonnement. Devant moi était couché un être vivant, une créature humaine, mais quelle étrange créature! Son visage, complétement desséché, avait la teinte uniforme du bronze, et rappelait les vieilles images byzantines; le nez était mince comme une lame de couteau, les lèvres invisibles; seul le blanc des yeux et des dents tranchait sur le fond sombre de la peau du visage. Quelques rares mèches de cheveux jaunes pendaient sur le front, mal retenues par un mouchoir. Sous le menton, dans un pli de la couverture, deux mains toutes petites, toutes ratatinées et de la même couleur de bronze, remuaient péniblement leurs doigs amaigris.

Je regardai plus attentivement : ce visage n'avait rien de laid, il était même beau, mais étrange, effrayant... Et d'autant plus effrayant, que je voyais ce masque de métal faire des efforts, de vains efforts pour ébaucher un sourire.

« Vous ne me reconnaissez pas, monsieur, murmura de nouveau la voix, qui semblait s'exhaler comme une vapeur d'entre ces lèvres presque immobiles. Mais comment pourriez-vous me reconnaître! C'est moi, Loukéria... vous vous rappelez?... qui conduisait les rondes, au village de Spassk, chez votre maman; vous souvenez-vous ? c'est moi aussi qui entonnais les chansons.

— Loukéria! m'écriai-je. Toi? Est-ce possible?

— C'est moi, oui, monsieur. Je suis Loukéria. »

Stupéfait, ne sachant que dire, je regardais ce visage sombre et rigide comme celui d'une morte, qui fixait sur moi ses grands yeux clairs. Était-ce bien possible? Cette momie, c'était Loukéria, la plus belle de nos *dvorovies* (1), cette jeune fille grande, robuste, blanche, rose et rieuse, qui chantait et qui dansait si bien! Loukéria, la vaillante Loukéria, à qui tous nos jeunes gars faisaient la cour, et pour qui moi-même, gamin de seize ans, j'avais soupiré en secret.

« Ma pauvre Loukéria, lui dis-je enfin, que t'est-il donc arrivé?

— Le malheur est tombé sur moi! Mais que ma misère ne vous dégoûte pas. Asseyez-vous sur ce petit cuveau, plus près, sans ça vous ne pourriez pas m'entendre. Vous voyez quelle belle voix j'ai à présent. Je suis bien contente de vous voir! Mais comment êtes-vous tombé à Alexéievka? »

(1) Filles de cour, filles de service.

Loukéria parlait avec lenteur et d'une voix extrêmement faible, mais sans interruption.

« C'est mon chasseur Ermolaï qui m'a conduit ici. Mais raconte-moi...

— Vous voulez que je vous conte mon malheur ? A votre volonté, monsieur. Cela m'est arrivé il y a longtemps déjà, — six ans ou sept ; — on venait de me fiancer avec Vassili Poliakof, — vous vous souvenez ? un beau garçon bien fait, qui avait les cheveux frisés, qui était buffetier chez votre maman. Mais déjà en ce temps-là vous aviez quitté le village, vous étiez allé étudier à Moscou. Nous nous aimions bien, moi et Vassili ; il ne me sortait pas de la tête ; — et c'était au printemps. Une nuit..., l'aurore n'était pas loin, et je ne pouvais pas fermer l'œil ; dans le jardin, le rossignol chantait une chanson si douce, que c'était merveille ! je ne pus y tenir ; je me levai et je sortis sur le perron pour l'écouter. Il faisait des roulades, des roulades !... Et voilà que tout à coup il me semble que quelqu'un m'appelle, quelqu'un qui a la voix de Vassia, et qui dit comme ça tout doucement : Loucha ! — Je tourne la tête ; mais sans doute j'étais encore tout ensommeillée, je tombai du perron, et paf ! par terre. Il me sembla que je ne m'étais pas fait beaucoup de mal, car je me relevai tout de suite et je retournai dans ma chambre. Seulement on aurait dit que quelque chose s'était cassé en dedans, — dans ma poitrine. — Laissez-moi reprendre haleine une petite minute. »

Loukéria s'interrompit. Ce qui m'étonnait plus que toute autre chose, c'était la manière presque gaie dont elle faisait son récit, — sans se plaindre le moins du monde, sans pousser des soupirs ni des hélas! sans chercher à exciter la compassion...

« Depuis cet accident, reprit Loukéria, je me mis à sécher, à dépérir, je devins toute noire, j'avais de la peine à marcher, et, ensuite, il ne fut plus question de me servir de mes jambes : je ne pouvais plus tenir ni debout ni assise; il me fallait rester toujours couchée. Je n'avais plus ni faim ni soif, et j'allais de mal en pis... Votre maman eut la bonté de me faire voir aux médecins et m'envoya à l'hôpital. Pourtant je n'en eus aucun soulagement. Pas un médecin ne put même me dire le nom de ma maladie. Dieu sait tout ce qu'ils me firent supporter : on me brûla le dos avec un fer rouge, on me mit dans de la glace pilée, mais cela ne servit à rien. Enfin, je devins raide comme un bâton. Alors les seigneurs décidèrent que ce n'était plus la peine de continuer à me faire soigner; d'un autre côté, garder une im-

potente dans leur maison, ce n'était pas com-
mode : on m'envoya ici parce que j'y ai des parents. Et je vis, comme vous voyez. »

Loukéria se tut, et de nouveau essaya de sourire.

« Mais ta situation est affreuse ! » m'écriai-je ;
et ne sachant plus que dire, j'ajoutai : « Et Vassili
Poliakof ?... » ce qui était une très-sotte question.

Loukéria détourna un peu les yeux.

« Poliakof ? Il en eut du chagrin pendant quelque temps, et puis il en a épousé une autre, une
jeune fille de Glinnoïé..... Glinnoïé, vous savez ?
Ce n'est pas loin de chez nous. Elle s'appelle
Agraféna. Il m'aimait beaucoup, mais c'était un
jeune homme, voyez-vous, il ne pouvait pas rester garçon. Et quelle compagne aurais-je été pour
lui ! Il s'est trouvé une femme bonne et jolie, ils
ont de petits enfants. Il est intendant chez un
voisin d'ici : votre mère lui a donné un permis,
et il est très-heureux, grâce à Dieu.

— Et toi, tu restes toujours, toujours couchée ?
lui dis-je encore.

— Mais oui, toujours, monsieur. Voici bientôt
sept ans. Pendant l'été, je suis couchée ici, dans
ce hangar ; quand il commence à faire froid, on
m'emporte dans l'antichambre des bains, et je
reste couchée là.

— Qui te soigne? qui s'occupe de toi?

— Oh! il y a aussi de bonnes gens par ici : on ne m'abandonne pas. Et d'ailleurs, je ne suis pas bien embarrassante. Pour ce qui est de la nourriture, on peut dire que je ne mange à peu près rien; quant à l'eau... elle est là, dans cette cruche : j'en ai toujours de toute fraîche, de la belle eau de source. Je puis atteindre la cruche toute seule. J'ai un bras qui peut encore remuer. Et puis... il y a ici une jeune fille, une orpheline qui vient me voir de temps en temps, — que le bon Dieu le lui rende! — Elle était là tout à l'heure... Vous ne l'avez pas rencontrée? Une jolie fille, si blanche! Elle m'apporte des fleurs, — je les aime tant, les fleurs! Il n'y a pas ici de fleurs de jardin, — il y en avait, mais il n'y en a plus; au reste celles des champs sont tout aussi jolies. Elles sentent encore meilleur que celles des jardins. Le muguet, par exemple, y a-t-il une meilleure odeur?

— Tu ne t'ennuies pas et tu n'as pas peur, ma pauvre Loukéria?

— Que faire? Je ne vous mentirai pas : dans les commencements, c'était bien triste, et puis je m'y suis faite, j'ai appris la patience; il y en a de plus malheureux que moi.

— Comment cela?

— Il y en a qui n'ont pas d'asile, — d'autres sont aveugles ou sourds, tandis que moi, Dieu merci, j'y vois parfaitement et j'entends tout, tout! Si une taupe creuse sous terre, je l'entends. Et je sens toutes les odeurs, même les plus faibles! Si le sarrasin fleurit dans les champs, ou le tilleul dans le jardin, on n'a pas besoin de venir me le dire, je l'ai senti la première, pourvu qu'un souffle de vent soit venu de ce côté-là. Non, il ne faut pas être ingrat envers Dieu! Bien des gens sont plus malheureux que moi. Quand il n'y aurait que ceci : une personne en bonne santé peut bien facilement tomber dans le péché; tandis que le péché s'est écarté de moi lui-même. L'autre jour, le Père Alexis, — le prêtre, — m'a donné la communion, et il m'a dit : Tu n'as pas besoin de te confesser; dans l'état où tu es, quel péché pourrais-tu commettre? Et je lui ai répondu : Mais, mon père, les péchés de pensée, ceux qu'on commet en esprit? — Oh! a-t-il répondu en riant, ceux-là ne sont pas bien gros.

— Mais, je crois que je n'ai pas beaucoup commis de ceux-là non plus, continua Loukéria, parce que je me suis habituée à ne penser à rien, et bien mieux, à ne pas me souvenir. Le temps passe plus vite. »

Je fus surpris, je l'avoue.

« Mais tu es toujours seule, Loukéria; comment peux-tu empêcher les idées de te venir à l'esprit ? Est-ce que tu dors tout le temps ?

— Oh ! non, monsieur ! Je ne peux pas toujours dormir. — Quoique je n'aie pas de grandes douleurs, je souffre en dedans, là, et aussi dans les os, et je ne dors pas comme il faudrait. Non... mais je reste couchée, étendue, et je ne pense à rien. Je sens que je vis, je respire, et voilà tout. Je regarde, j'entends. Les abeilles bourdonnent dans le rucher; quelquefois un pigeon vient se poser sur le toit et roucoule, — une poule entre avec ses poussins pour picorer les miettes; d'autres fois, c'est un moineau ou un papillon qui entre en voletant, et tout cela me fait grand plaisir. L'avant-dernière année, il y avait même des hirondelles qui étaient venues faire leur nid dans le coin, et qui y ont élevé des petits. C'est cela qui était intéressant ! Une hirondelle arrive du dehors, se pose sur le nid, donne la becquée aux petits et s'envole ! Un moment après, je regardais, c'était le tour d'une autre. Quelquefois, au lieu d'entrer, elle passait devant la porte ouverte, et voilà les petits qui se mettaient à piauler en ouvrant leurs petits becs... Je les attendis l'année d'après; mais on m'a dit qu'un chasseur de ce pays-ci avait tiré dessus avec son fusil. Quel profit en a-t-il eu ? Une hirondelle, ça n'est pas plus lourd qu'un hanneton. Ah! que vous êtes méchants, messieurs les chasseurs !

— Moi, je ne tire jamais sur les hirondelles ! lui dis-je vivement.

— Une fois, reprit Loukéria, il arriva une chose bien drôle ! Un lièvre vint se cacher ici ; oui, vraiment, un lièvre ! Les chiens le poursuivaient, je pense. Mais il enfila la porte droit comme une flèche et s'assit tout près de moi ; il resta là un bon bout de temps, fronçant son museau et remuant ses moustaches, comme un véritable officier. Et il me regardait. Il comprenait, cela va sans dire, que je n'étais pas une ennemie pour lui. A la fin, il se leva, il alla en trottinant vers la porte, s'arrêta sur le seuil pour tourner la tête à droite et à gauche, — et bonjour ! Qu'il était drôle ! »

Loukéria me regarda...

« N'est-ce pas que c'était risible ? »

Je feignis de rire, pour la contenter. Elle mordit ses lèvres desséchées pour les humecter.

« En hiver, vous comprenez, je ne suis pas si bien, reprit-elle. Il fait sombre ; allumer une chandelle, ce serait dommage, et pour quoi faire ?... Je sais lire et écrire, et ce n'est pas l'envie de lire qui m'a manqué ; mais qu'est-ce que

2

j'aurais lu ? Il n'y a pas de livres ici ; et puis, s'il y en avait, comment ferais-je pour le tenir, le livre ? Le Père Alexis, pour me distraire, m'avait apporté un almanach ; mais il vit que ça ne me servait de rien, et il le remporta. Seulement, quoiqu'il fasse sombre, cela n'empêche pas d'écouter : le grillon chante ; quelquefois une souris se met à gratter. C'est alors qu'il fait bon de ne penser à rien.

— Et puis j'ai mes prières que je récite, continua-t-elle en soupirant un peu. Seulement, je ne sais pas beaucoup de prières. Et puis, pourquoi irai-je ennuyer le bon Dieu ? Qu'est-ce que je lui demanderais ? Il sait mieux que moi ce qu'il me faut. Il m'a envoyé ma croix, — ça veut dire qu'il m'aime : on nous ordonne de comprendre la chose ainsi. Je récite Notre Père, — Je vous salue, — l'Acathiste (1), — la Prière des affligés ; — puis je reste là couchée, sans penser à rien, et le temps se passe. »

Deux minutes s'écoulèrent, pendant lesquelles, sans rompre le silence, je restai immobile sur l'étroit cuveau qui me servait de siége. Cette créature vivante, en qui la flamme n'était pas encore éteinte, et qui gisait là devant moi, me com-

(1) Chant à la gloire de Notre-Seigneur et de la Vierge.

muniquait son effrayante immobilité de statue : j'étais, moi aussi, pétrifié.

« Écoute, Loukéria, lui dis-je enfin ; écoute la proposition que je vais te faire. Veux-tu que je fasse les démarches nécessaires pour qu'on te transporte à l'hôpital, dans un bon hôpital de ville ?... Qui sait ? Peut-être pourrait-on encore te guérir. Dans tous les cas, tu ne serais pas seule... »

Loukéria remua imperceptiblement les sourcils...

« Oh ! non, monsieur, dit-elle avec inquiétude, ne me mettez pas dans un hôpital ; laissez-moi où je suis. Là-bas, je souffrirais un peu plus, voilà tout. Comment pourrait-on me guérir ? Tenez, un jour, un docteur arriva ici, il voulait m'examiner. Je le suppliai : Au nom du Christ, ne me tourmentez pas ! Il ne m'écouta pas, et se mit à me pétrir les quatre membres en me disant : Je fais cela pour m'instruire, pour la science, ce qui fait que je suis un savant au service du gouvernement. Et toi, ne me résiste pas, car pour mes travaux on m'a donné la croix, et c'est pour vous autres, nigauds, que je travaille. Il me tourna et me retourna ; il me dit le nom de ma maladie, ce docteur-là, — un nom bien difficile, — puis il s'en alla, et pendant toute la

semaine qui suivit, j'eus mal dans mes pauvres
os.

« Vous dites que je suis seule, toujours seule,
non, pas toujours. On vient me voir. Je suis pai-
sible, je ne gêne personne. Les jeunes paysannes
viennent rire et babiller ici ; les pèlerines entrent
en passant et me content des histoires sur Jérusa-
lem, Kief, les villes saintes. Du reste, je n'ai pas
peur d'être seule, — et même, j'aime mieux ça...
— Allez, monsieur, laissez-moi ici ; ne me mettez
pas dans un hôpital. Vous êtes bon, et je vous
remercie, mais laissez-moi ici, je vous en prie.

— Comme tu voudras, Loukéria, comme tu
voudras. C'était seulement pour ton bien que
j'avais pensé...

— Je sais que c'était pour mon bien. Mais,
mon bon monsieur, qui est-ce qui peut secourir
son prochain ? Comment faire pour entrer dans
l'âme d'un autre ? Chacun doit se secourir soi-
même... Tenez, vous ne me croirez pas, quelquefois je suis là couchée toute seule, et c'est
comme s'il n'existait personne sur la terre, excepté moi, moi seule vivante ! Alors il me semble
que quelque chose d'en haut s'étend sur moi, et
j'entre dans des méditations extraordinaires.

— Et sur quoi médites-tu alors, Loukéria ? »
Elle garda un moment le silence.

« Ah! monsieur, cela non plus ne peut pas
se dire, ni s'expliquer. Du reste, je ne me le rappelle plus, ensuite. C'est comme un nuage qui
vient et qui se répand en pluie ; je sens qu'il fait
frais et bon, et pourtant je ne comprends pas ce
que c'est. Seulement je me dis : S'il y avait eu du
monde autour de moi, cela ne serait pas arrivé, et je n'aurais rien senti, rien, excepté ma
misère. »

Loukéria reprit haleine péniblement : ses poumons ne lui obéissaient pas plus que le reste de
son corps. Elle reprit :

« Je vois bien à votre air, monsieur, que je
vous fais grand'pitié ; mais ne me plaignez pas
trop. Vous auriez tort, je vous assure. Par exemple, tenez, il m'arrive encore à présent... Vous
vous rappelez, n'est-ce pas, quelle fille gaie j'étais
de mon temps ? Eh bien, à présent aussi je
chante des chansons !

— Des chansons, toi ?

— Oui, des chansons, de vieilles chansons, des
rondes, des Noëls, des chants d'église, enfin toutes sortes d'airs. J'en savais beaucoup, et je ne
les ai pas oubliés. Seulement, des airs de danses,
je n'en chante jamais. Dans ma position, ça ne
convient pas.

— Comment les chantes-tu ? En dedans ?

2·

— En dedans, et aussi avec la voix. Je ne peux pas chanter très-fort, comme vous pensez bien ; mais on peut m'entendre. Tenez, je vous ai dit qu'il y a une fillette qui vient me voir. Elle est orpheline, ça fait qu'elle est intelligente. Je lui ai déjà appris quatre chansons, qu'elle sait par cœur... Peut-être ne me croyez-vous pas ? Attendez, je vais vous en chanter une. »

Loukéria reprit haleine... La pensée que cette créature à peine vivante se préparait à chanter éveilla en moi un effroi involontaire ; mais, avant que j'eusse le temps de dire un mot, j'entendis vibrer à mes oreilles une note prolongée, presque imperceptible, mais pure et juste... Une autre suivit, puis une troisième... Loukéria chantait : « Dans les prairies ». Elle chantait sans que les lignes de son visage pétrifié fissent un seul mouvement ; ses yeux mêmes restaient fixes... Mais quelle touchante expression dans cette pauvre petite voix qui sortait avec effort, vacillante comme un filet de légère fumée ! Et comme on sentait bien que la chanteuse y mettait toute son âme ! Ce n'était plus l'effroi qui me serrait le cœur, c'était une compassion indicible.

« Ah ! je ne peux plus ! dit-elle tout à coup. Je n'ai pas la force... C'est le plaisir de vous voir qui me l'a ôtée... »

Elle ferma les yeux.

Je posai ma main sur ses petits doigts glacés...
Elle me regarda, et ses sombres paupières bor-
dées de cils dorés, comme celles des statues an-
tiques, se baissèrent de nouveau. Au bout d'un
instant, elles brillèrent dans la demi-obscurité :
une larme les mouillait.

Je continuai de rester immobile.

« Qu'est-ce qui me prend ? » dit tout à coup
Loukéria avec une force inattendue ; elle ouvrit
ses yeux tout grands, et s'efforça de chasser cette
larme en clignant des paupières. « N'est-ce pas
honteux ? Qu'est-ce qui me prend ? Cela ne m'é-
tait pas arrivé depuis longtemps... depuis le jour
où Poliakof, — Vassia, — vint me voir, au printemps dernier. Tant qu'il fut là à causer avec
moi, tout alla bien ; mais quand il fut parti, je me
mis à pleurer toute seulette. En voilà une idée,
de pleurer comme ça ! On voit bien que ça ne
coûte rien, les larmes !... Monsieur, ajouta-t-elle,
vous avez un mouchoir, n'est-ce pas ? N'ayez
point de dégoût, essuyez-moi les yeux, je vous
prie. »

Je me hâtai de contenter son désir, et je lui
laissai le mouchoir. Elle refusa d'abord : pourquoi un tel cadeau ? — Le mouchoir était tout
simple, mais propre et blanc. — Puis elle le prit

entre ses faibles doigts, et n'ouvrit plus la main.

Mes yeux, habitués à l'obscurité dans laquelle nous étions plongés, pouvaient maintenant discerner tous les traits de son visage, et même apercevoir un léger incarnat qui perçait la couche de bronze de ses joues ; je découvrais même dans ce visage — du moins cela me semblait ainsi — les traces de son ancienne beauté.

« Monsieur, reprit Loukéria, vous m'avez demandé si je dors ?... Dans le fait, je ne dors pas souvent, mais, chaque fois, j'ai des songes, de beaux songes. Jamais je ne me vois malade, dans mes rêves ; j'y suis toujours bien portante et jeune... mon seul chagrin, c'est quand je m'éveille : je veux m'étirer comme il faut, et je suis comme toute chargée de chaînes ! Une fois j'ai fait un rêve bien extraordinaire. Voulez-vous que je vous le raconte ? Écoutez. Il me semblait que j'étais dans la campagne, et autour de moi était un champ de blé dont les épis étaient mûrs, et si hauts, et jaunes comme de l'or ! Et j'avais pour compagnon un chien roux, qui était méchant, très-méchant ; il voulait toujours me mordre. Et je tenais dans ma main une faucille, non pas une simple faucille, mais la lune, comme elle est quand elle ressemble à une faucille ; et avec cette

lune, je devais couper tous ces épis de blé jusqu'au dernier. Seulement, à cause de la chaleur,
j'étais grandement lasse, et la lune m'aveuglait et
la paresse me prenait. Partout autour de moi, il
poussait des bluets, et quels grands bluets ! Ils
tournaient tous leurs têtes vers moi. Et je me dis :
Je vais cueillir ces bluets, — Vassia m'a promis
de venir ; — et j'en ferai d'abord une couronne
pour moi ; quant au blé, j'aurai bien le temps de
le couper. Je commençai à cueillir les bluets ;
mais j'avais beau faire, ils me fondaient entre les
doigts. Pas moyen de faire une couronne. Cependant, j'entendais quelqu'un qui venait vers moi ;
il était déjà tout près, et il m'appelait : « Loucha !
Loucha ! » — Aïe ! pensai-je, mauvaise affaire,
je n'ai pas eu le temps ! N'importe, faute de
bluets, je mis sur ma tête cette faucille, cette lune,
en manière de kakochnik, et voilà qu'aussitôt je
devins toute rayonnante, et que j'éclairai la campagne autour de moi. Je regarde : quelqu'un
accourait, en marchant sur le sommet des épis ;
seulement ce n'était pas Vassia, c'était Jésus-
Christ en personne. Et à quoi j'ai reconnu que
c'était Jésus-Christ, je ne pourrais pas vous le
dire, car ce n'est pas ainsi qu'il est représenté sur
les images ; seulement, c'était bien lui ! Il était
sans barbe, grand de taille, jeune, tout habillé de

blanc, avec une ceinture d'or ! Et il me tendait la
main.

— N'aie pas peur, me disait-il, n'aie pas peur,
ma belle fiancée, viens avec moi, dans mon
royaume céleste ; tu conduiras les rondes et tu
chanteras les chansons du paradis.

« Je courus à lui, je me collai à sa main. Mon
chien était sur mes talons, — mais en ce moment
nous nous enlevâmes de terre. Le Christ volait
devant ; ses ailes s'étendaient à travers tout le
ciel, longues comme des ailes de mouette, — et
je le suivais ! Et le chien fut bien forcé de se séparer de moi. Alors seulement je compris que ce
chien, c'était mon infirmité, et que dans le
royaume céleste il n'y avait point de place pour
lui... »

Loukéria se tut pendant quelques instants.

« J'ai eu encore un autre songe, reprit-elle ensuite ; et ça pourrait bien être une apparition, —
je ne sais pas. Il me sembla que j'étais couchée
comme à présent et que je voyais venir mes dé-
funts parents, mon père et ma mère ; ils s'incli-
naient devant moi, mais ils ne disaient rien. Je
leur demandai :

« — Père, mère, pourquoi me saluez-vous ?

« — Parce que, me dirent-ils, comme tu es bien
éprouvée dans ce monde, tu ne délivres pas de

ses péchés ton âme toute seule, mais tu nous as ôté aussi à nous un grand fardeau, et cela nous est d'un grand secours dans l'autre monde. Tu as déjà racheté tous tes péchés, et à présent tu rachètes les nôtres.

« Et après avoir parlé ainsi, mes parents me saluèrent encore, et ils disparurent : je ne vis plus rien devant moi, que la muraille.

« Après cela, je fus bien embarrassée de savoir ce qui m'était arrivé. Je le racontai même au prêtre en me confessant. Mais il pense que ce n'était pas une apparition, parce que les apparitions ne viennent ordinairement qu'aux personnes de l'église.

« Voici encore un autre songe que j'ai eu, continua Loukéria : Je me vis assise, comme qui dirait sur une grande route, sous un saule ; j'avais à la main un bâton, une besace sur le dos, et la tête enveloppée d'un mouchoir, tout à fait comme une pèlerine. Et je voyageais pour aller bien loin, bien loin quelque part en pèlerinage. Et tous les pèlerins passaient près de moi ; ils marchaient lentement, comme malgré eux, et tous dans la même direction ; ils avaient l'air triste, et ils étaient tous pareils les uns aux autres. Et je voyais aller et venir au milieu d'eux une femme agile qui les dépassait de toute la tête ; elle portait

un certain costume qui n'était pas un costume
russe ; sa figure non plus n'était pas russe, une
figure maigre et sévère. Et tout le monde s'écar-
tait d'elle ; tout d'un coup, elle se tourna et vint
vivement tout droit vers moi. Elle s'arrêta et me
regarda ; ses yeux étaient comme ceux d'un fau-
con, jaunes, grands et très-clairs. Et je lui demandai :

« — Qui es-tu ?

« Elle me répondit :

« — Je suis ta mort !

« Il y avait de quoi m'effrayer ; mais, au contraire, je me sentis toute joyeuse, et je fis le signe
de la croix. Et cette femme, celle qui était ma
mort, me dit :

« — Je regrette bien, ma pauvre Loukéria, de
ne pouvoir t'emmener avec moi. Adieu !

« Ah ! comme je me sentis peinée en ce moment !

« — Prends-moi, lui dis-je, prends-moi, ma
bonne amie, ma petite colombe !

« Et ma mort se retourna vers moi, et se mit à
me donner des explications... Je compris qu'elle
me désignait mon heure, mais d'une manière qui
n'était pas claire et qu'on ne pouvait pas bien
comprendre...

« — Après le carême de la Saint-Pierre, disait-
elle...

« Là-dessus je m'éveillai.

« Voilà les rêves surprenants que je fais. »

Loukéria leva les yeux en haut et resta pensive un moment.

« Savez-vous ce qui me tourmente? Il se passe quelquefois une semaine entière sans que je ferme l'œil. L'an dernier, une dame qui voyageait passa par ici. Elle vint me voir et me donna un petit flacon de remède pour faire dormir, en me disant d'en prendre dix gouttes chaque fois. Cela me faisait beaucoup de bien, et je dormais; mais il y a longtemps que mon flacon est vidé. Vous ne pourriez pas me dire quel était ce remède, et comment il faut faire pour en avoir? »

La voyageuse avait évidemment donné de l'opium à Loukéria. Je promis à la pauvre infirme de lui trouver un flacon semblable; mais ici encore je ne pus me tenir de lui exprimer mon admiration pour sa patience.

« Ah! monsieur, répliqua-t-elle, qu'est-ce que vous dites là? Où voyez-vous ma patience? Siméon Stylite, à la bonne heure; en voilà un qui eut une grande patience; il resta trente ans sur une colonne! Et il y eut un autre saint qui se fit enterrer jusqu'au cou, et les fourmis lui mangeaient la figure... Et tenez, voici encore ce que

3

m'a raconté une personne qui lit dans les livres :
Il y avait un certain pays, et dans ce pays les
Agaréens faisaient la guerre, et ils tourmentaient
tous les habitants et les mettaient à mort, et les
habitants avaient beau faire, ils ne trouvaient pas
moyen de se délivrer. Et parmi les habitants
apparut une sainte fille vierge ; elle prit une
grande épée, elle mit sur sa poitrine une cuirasse
de quatre-vingts livres pesant, marcha contre les
Agaréens, et les chassa tous par-delà la mer. Et
quand elle les eut chassés, elle leur dit : — A
présent, brûlez-moi, parce que ma promesse a
été que, pour mon pays, je mourrais par le feu.
— Et les Agaréens la prirent et la brûlèrent, et,
depuis ce temps-là, cette nation a été délivrée
pour toujours ! Voilà une action méritoire ! Mais
moi !... qu'est-ce que j'ai fait ? »

Je ne fus pas peu surpris de voir comment et
sous quelle forme la légende de Jeanne d'Arc
avait pénétré jusque-là. Après un moment de silence, je demandai à Loukéria quel âge elle avait.

« Vingt-huit ans, ou vingt-neuf ans... En tout
cas, pas encore trente. Mais à quoi bon faire le
compte de mes années ? Tenez, écoutez plutôt
ceci... »

Loukéria fut brusquement prise d'une toux
rauque, et poussa un gémissement.

« Tu parles beaucoup, me hâtai-je de lui dire, cela pourrait te faire du mal.

— Oui, monsieur, murmura-t-elle d'une voix qui n'était plus qu'un souffle, voilà notre conversation finie. A présent, quand vous serez parti, je me tairai tout à mon aise. Au moins, j'ai un peu soulagé mon cœur. »

Je lui fis mes adieux, je lui réitérai ma promesse de lui envoyer le remède, je la priai de bien réfléchir encore une fois et de me dire si elle avait besoin de quelque chose.

« Je n'ai besoin de rien, Dieu merci, je n'ai rien à désirer, dit-elle en faisant un violent effort, mais d'une voix attendrie. Que Dieu donne la santé à tous. Et vous, monsieur, savez-vous ce que vous devriez faire ? Les paysans de ce village sont pauvres ; vous devriez prier votre maman de diminuer un tout petit peu leur redevance. Ils n'ont pas assez de terre, ils n'ont pas de bois. Ils prieraient Dieu pour vous... Quant à moi, je n'ai besoin de rien, je n'ai rien à désirer. »

Je donnai à Loukéria ma parole que son désir serait accompli, et je me dirigeais déjà vers la porte, quand elle me rappela.

« Vous souvenez-vous, monsieur, dit-elle, — et une expression ineffable passa rapidement sur ses yeux et ses lèvres, — quelle belle tresse

de cheveux j'avais ? Vous rappelez-vous ? Elle
descendait jusqu'aux genoux ! J'hésitai longtemps... De si beaux cheveux ! Mais comment les
soigner ?... Je finis par les faire couper. Oui...
allons, monsieur, adieu, je ne peux plus parler. »

Le jour même, avant de partir pour la chasse,
j'eus un entretien à propos de Loukéria avec le
doyen du hameau. J'appris de lui que, dans le
village, on l'appelait : « Les reliques vivantes »,
que du reste elle ne donnait de dérangement à
personne, que jamais personne ne l'avait entendue
murmurer ni se plaindre. « Elle ne demande
jamais rien ; au contraire, elle est reconnaissante
de la moindre chose ; c'est une bonne fille. Dieu
l'a frappée, conclut le doyen, c'est sans doute
pour ses péchés ; mais nous n'entrons pas là-
dedans, et quant à ce qui est de la juger, par
exemple, non, nous ne la jugeons pas. Ce n'est
pas notre affaire ! »

Quelques semaines plus tard, j'appris que
Loukéria avait quitté ce monde. La mort était
revenue la prendre « après le carême de la Saint-

Pierre ». On me raconta que, le jour de sa mort, elle n'avait cessé d'entendre des cloches, bien qu'Alexéïevka soit à cinq verstes de l'église, et que ce jour-là ne fût pas un dimanche. Du reste, Loukéria disait que le son des cloches ne venait pas de l'église, mais « d'en haut ». Probablement, elle n'osait pas dire : « du ciel ».

3.

LA MONTRE

RÉCIT D'UN VIEILLARD EN 1850.

I.

Je veux vous raconter l'histoire d'une montre, drôle d'histoire, allez. Elle se passait tout au commencement de ce siècle, en 1801. Je venais d'avoir quinze ans; j'habitais à Riazan une petite maison en bois, près des bords de l'Oka, avec mon père, une tante et un cousin.

Je ne me rappelle pas ma mère; elle n'avait survécu que trois ans à son mariage, et mon père n'avait pas d'autre enfant que moi. Il se nommait Porfiri Pétrovitch. C'était un homme tranquille, maladif, de mine assez mince. Il s'occupait de procès et d'autres affaires... Naguère on nommait les gens de cet état des chicaniers, des crochets, de la graine d'orties; lui-même se donnait le titre d'agent:

A notre ménage présidait sa sœur, vieille fille de cinquante ans. Mon père aussi avait dépassé la quarantaine. Ma tante était une grande diseuse de patenôtres, ou, pour mieux dire, une vraie cafarde; avec cela se mêlant de tous les cancans, fourrant son nez partout; et puis elle n'avait pas le cœur bon, comme mon père.

Nous ne vivions pas pauvrement, mais peu s'en fallait. Mon père avait encore un autre frère, du nom de Yégor; mais celui-ci, pour je ne sais quel « acte de rébellion » et pour « une manière de penser jacobine » (c'étaient les propres termes de l'oukase) avait été exilé en Sibérie dans l'année 1797, sous l'empereur Paul.

Le fils de Yégor, mon cousin David, était resté aux crochets de mon père, et vivait avec nous. Il n'avait qu'un an de plus que moi; mais je m'inclinais devant lui, et je lui obéissais en tout, comme s'il eût été une grande personne. C'était un garçon de caractère énergique; trapu, carré des épaules. Il avait aussi le visage carré, tout parsemé de taches de rousseur, les cheveux d'un beau roux sombre, de petits yeux gris, de larges lèvres, le nez court, les doigts courts aussi, et il était d'une force au-dessus de son âge. Ma tante ne pouvait pas le souffrir, et, quant à mon père, il semblait même le craindre, ou peut-être se sentait-il coupable à son égard. Un bruit courait dans la ville que, si mon père n'avait pas imprudemment bavardé, et s'il n'avait pas livré le secret de son frère, celui-ci n'eût pas été envoyé en Sibérie.

Nous suivions tous deux, Daniel et moi, la même classe au gymnase, et nous avions des succès, moi surtout, parce que j'avais plus de mémoire. Mais on sait bien que ce n'est pas de cette supériorité que se targuent les jeunes gens, et David continuait à rester mon chef de file.

II.

On me nomme, comme vous le savez bien, Alexis. Je suis né le 7 mars, et le jour de ma fête arrive le 17, parce que, d'après notre antique usage, on m'avait donné le nom de l'un des saints dont la fête se célèbre le dixième jour après la naissance de l'enfant. J'avais pour parrain un certain Anastase Anastaséïtch Poutchkoff, ou plutôt Nastaséïtch, comme tout le monde l'appe-

lait. C'était, pour parler franc, un vilain homme,
un preneur de pots-de-vin, toujours compromis
dans des affaires véreuses. On l'avait chassé de
la chancellerie du gouverneur, et plus d'une fois
il s'était trouvé sous le coup de poursuites. Mais
mon père avait besoin de lui ; ils allaient ensemble
à la quête. Il était tout rond de sa personne; il
avait le nez pointu comme un renard, et d'un
renard aussi les yeux bruns et clairs. Il les remuait
constamment de côté et d'autre, et le nez de
même, comme s'il eût flairé. Il ne portait point
de talons à ses souliers pour marcher sans bruit;
mais, ce qui était rare alors, il se poudrait tous
les jours. Il prétendait ne pouvoir pas faire autrement, ayant l'honneur de fréquenter des généraux et des femmes de généraux.

Et voilà qu'arrive enfin le jour de ma fête. Le
premier qui se présente, c'est Nastaséïtch. Il me
dit : « Je ne t'ai jamais fait de cadeau jusqu'à
présent, mon petit filleul; mais aussi, vois un
peu quelle chose je t'apporte aujourd'hui. » Cela
dit, il tire de sa poche une montre en argent, un
oignon, avec une rose peinte sur le cadran et une
chaînette en cuivre. Je restai comme pétrifié de
joie, et ma tante Pélagie se mit à crier de toutes
ses forces : « Baise-lui la main, morveux, baise-
lui la main. » Je baisai donc la main de mon

parrain, et ma tante se tuait à répéter : « Ah !
mon père Nastaséitch, pourquoi le gâtez-vous à
ce point ? Comment pourra-t-il se conduire avec
une montre ? Il la cassera sans faute, ou la lais-
sera tomber. » Mon père entra sur ces entrefaites,
et dit merci à mon parrain, mais négligemment,
et l'appela dans son cabinet. Et j'entendis mon
père murmurer entre ses dents : « Si tu t'ima-
gines, frère, en être quitte avec moi... » Mais je
ne pouvais tenir en place ; je passai la chaîne à
mon cou, et partis en courant pour montrer mon
cadeau à David.

III.

David prit la montre, l'ouvrit, l'examina soigneusement. Il avait de grandes dispositions
pour la mécanique ; il aimait à manier le fer, le
cuivre, tous les métaux ; il s'était procuré toutes
sortes d'outils, et réparer une vis, une clef, ou
même les faire neuves, ne lui coûtait rien. Après
avoir tourné et retourné la montre dans tous les

sens, il marmotta dans ses lèvres (en général, il parlait peu) : « Elle est vieille, elle est mauvaise... D'où te vient-elle ? » Je lui dis que mon parrain m'en avait fait cadeau. David me jeta un regard de côté : « Nastaséï ? — Oui, Nastaséï Nastaséïtch. » David posa la montre sur la table, et se détourna en silence. « Elle ne te plaît pas ? demandai-je. — Non, ce n'est pas qu'elle me déplaise ; mais, à ta place, je n'aurais accepté aucun cadeau de Nastaséï. — Pourquoi ? — Parce que c'est un vilain homme, et il ne faut rien devoir à un vilain homme. Et encore tu as dû lui dire merci. Je parie que tu lui as baisé la main ? — Oui, ma tante l'a voulu. » David sourit d'un sourire qui lui était particulier ; une sorte de ricanement dans le nez. Il ne riait jamais haut, tenant le rire pour le symptôme d'un petit esprit.

Les paroles de David et son sourire silencieux m'affligèrent profondément. — Ainsi donc, pensai-je, il me blâme intérieurement. Qui sait ? peut-être, à ses yeux, suis-je aussi un vilain homme. Lui ne se serait jamais abaissé à recevoir une aumône de Nastaséï. Oh ! non. Mais que me reste-t-il à faire maintenant ?

Rendre la montre, c'est impossible.

J'essayai d'entrer en causerie avec David, de lui demander un bon conseil. Il me répondit qu'il ne donnait de conseils à personne, et que je n'avais qu'à agir comme je l'entendais.

Comme je l'entendais !... C'était facile à dire. Toute la nuit suivante, je ne pus dormir. J'étais tourmenté par le ballottement de mes pensées. Il m'en coûtait cruellement de me séparer de ma montre. Je l'avais posée près de mon lit, et elle faisait un petit bruit si drôle et si agréable !...

Mais sentir que David me méprise (oui, je ne puis m'y tromper, il me méprise), cela me semblait insupportable.

Vers le matin, une ferme résolution finit par mûrir dans ma tête. Je versai des larmes en m'y arrêtant, mais aussi je m'endormis.

Dès que je fus éveillé, je m'habillai en toute hâte, et je sortis dans la rue. Mon projet était de donner ma montre au premier mendiant que je rencontrerais.

IV.

Je n'eus pas besoin d'aller loin de la maison pour tomber sur ce que je cherchais. Je rencon-

trai un gamin d'une dizaine d'années, nu-pieds
et en haillons, que je voyais souvent vagabonder
devant nos fenêtres. Je me précipitai à sa rencontre, et sans nous donner ni à lui ni à moi le
temps de la réflexion, je lui offris ma montre.

Le gamin écarquilla de grands yeux, porta une
main sur sa bouche comme s'il eût craint de se
brûler, et tendit l'autre.

« Prends, prends, m'écriai-je; elle est à moi,
je te la donne; tu peux la vendre, et t'acheter ce
qui te plaira... Adieu ! »

Je lui fourrai la montre dans la main, et revins
à toutes jambes à la maison.

Après m'être arrêté quelque temps à la porte
de notre chambre pour reprendre haleine, je
m'approchai de David qui achevait sa toilette et
se brossait les cheveux.

« Sais-tu, David ?... dis-je d'une voix aussi
calme que je pus ; la montre de Nastaséï, je viens
de la donner. »

David me jeta un regard rapide, et passa la
brosse sur ses deux tempes.

« Oui, continuai-je de la même voix posée et
tranquille, je l'ai donnée. Il y a ici un certain
garçon très-pauvre, un mendiant; c'est à lui. »

David posa sa brosse sur la table.

« Pour l'argent qu'il en retirera, continuai-je,

il pourra s'acheter quelque objet utile, car il faut supposer qu'il pourra en tirer parti. »

Je me tus.

« C'est bien, » dit enfin David en se dirigeant vers notre salle d'étude. Je le suivais sur les talons.

« Et si l'on t'interroge sur ce que tu en as fait? me demanda-t-il par-dessus l'épaule.

— Ma foi! je dirai que je l'ai perdue, » répondis-je avec une insouciance trop naturelle pour ne pas être affectée.

Il ne fut plus question de la montre entre nous pendant le reste de la journée. Et pourtant, il me semblait que David, non-seulement m'approuvait, mais que, jusqu'à un certain point, il m'admirait, parole d'honneur !

V.

Deux jours encore se passèrent. Il arriva que personne dans la maison ne prit garde à la montre. Mon père avait eu je ne sais quel gros

désagrément avec l'un de ses clients; il avait
autre chose en tête que nos soucis d'enfant. En
revanche, je ne cessais d'y penser, moi. Même
l'approbation, l'approbation supposée de David
ne me réjouissait pas outre mesure; d'autant
plus qu'il ne me la témoignait pas expressément.
Une seule fois, et comme en glissant, il m'avait
dit qu'il ne s'était pas attendu de ma part à une
telle vaillance. Décidément mon sacrifice ne me
profitait point. Il n'était pas balancé par la satisfaction que me donnait ma conscience.

Et, pour comble, ne voilà-t-il pas qu'il nous
vient à la maison un autre collégien de nos amis,
fils du docteur de la ville, qui se met à se vanter
d'une montre, non pas même en argent, mais
en similor, dont sa grand'mère lui avait fait cadeau !

Je n'y tins plus, et, m'échappant de la maison,
je me mis à la recherche du même petit mendiant
auquel j'avais donné ma montre. Je le trouvai
bientôt. Il jouait aux osselets avec d'autres gamins de son âge, sous le porche de l'église. Je
l'appelai à l'écart, et, en quelques paroles entre-
coupées, je lui dis que mes parents s'étaient
fâchés contre moi de ce que j'avais disposé
de ma montre, et que, s'il consentait à me la
rendre, je lui donnerais volontiers de l'argent en

échange. J'avais pris, à tout hasard, un vieux rouble en argent, du temps de l'impératrice Élisabeth, mon unique capital.

« Mais je ne l'ai plus, votre montre, répondit le garçon d'une voix larmoyante et colère. Mon père l'a vue dans ma main et me l'a prise. Il a même voulu me fouetter par-dessus le marché. « Tu l'as volée, qu'il m'a dit. Quel imbécile te ferait cadeau d'une montre ? »

— Qu'est ton père ?

— Mon père ? Trofimitch.

— Mais qu'est-il ? Quel est son métier ?

— C'est un soldat en retraite, un *sargent*. Quant à son métier, il n'en a pas, il ressemelle de vieilles bottes. Voilà tout son métier. Il vit de cela.

— Où demeurez-vous ? Conduis-moi à ton père.

— Certainement je vous y conduirai. Dites un peu à mon père que vous m'avez fait cadeau de la montre. Sans ça, il me répète toujours : Voleur, voleur ! Et ma mère ne demeure pas en reste : D'où as-tu pris d'être voleur ? »

Nous allâmes avec le garçon au logis de ses parents. Ce logis, c'était une de ces vieilles *izbas* qu'on appelle noires parce qu'elles n'ont pas de cheminée, située dans l'arrière-cour d'une grande

fabrique brûlée depuis longtemps et restée en
ruines. Nous trouvâmes Trofimitch et sa femme
à la maison. Le *sargent* en retraite était un vieillard de haute stature, musculeux et planté droit,
avec de longs favoris jaunâtres, le menton inculte, et tout un réseau de rides sur le front et
les joues. Sa femme semblait plus vieille que lui.
Ses petits yeux rouges clignotaient tristement au
milieu d'un visage d'une enflure maladive. Je ne
sais quels haillons sombres pendaient sur tous
les deux en manière de vêtements.

J'expliquai à Trofimitch l'affaire qui m'ame-
nait. Il m'écouta jusqu'au bout en silence, sans
me perdre un seul instant de son regard tendu et
obtus, un vrai regard de soldat russe.

« Tas de fainéants! dit-il enfin, d'une voix de
basse enrouée et édentée. C'est-il là une conduite
de gentilshommes? Si nonobstant Petka, en effet, n'a pas volé la montre... dans ce cas, v'lan,
pour lui apprendre à faire le fainéant avec les
bourgeois. Et s'il l'a volée, v'lan, alors, v'lan,
v'lan, à coups de plat d'épée, comme au régi-
ment des chevaliers gardes. Voyez un peu quelle
diable d'histoire! En avant les espontons (1),
ha! »

(1) Hallebardes introduites par l'empereur Paul, et qui
remplaçaient la schlague.

Trofimitch poussa ce dernier cri en voix de fausset. Évidemment il ne comprenait rien.

« Si vous voulez me restituer la montre, lui expliquai-je... (je n'osais pas le tutoyer, bien qu'il ne fût qu'un soldat...) je vous donnerai avec plaisir le rouble que voici. Je suppose qu'elle ne vaut pas davantage.

— Bon! grommela Trofimitch, qui continuait à ne rien comprendre, et, par une sorte d'habitude de la consigne, me mangeait des yeux, comme si j'eusse été son chef. Quelle affaire, hé! Voyons un peu; en voilà une dure de noix à casser. Ouliana, tais-toi, dit-il brusquement à sa femme qui allait ouvrir la bouche. Voilà la montre, reprit-il en ouvrant un tiroir. Si elle est nommément à vous, reprenez-la. Et pourquoi un rouble?

— Prends le rouble, Trofimitch! hurla la femme. Il a perdu l'esprit, le vieux, lui qui n'a pas un sou vaillant. Et il fait de son généreux. On a eu tort de te couper la queue et les faces, car tu n'es plus qu'une vieille femme. Prends au moins l'argent, puisque tu es assez sot pour rendre la montre.

— Tais-toi, Ouliana, carogne, répéta le vieux soldat. A-t-on jamais vu une femme qui parle?

Le mari est le chef, et elle parle. Petka, ne bouge pas, ou je te casse les reins. »

Trofimitch me tendit la montre, mais sans desserrer encore les doigts. Il eut l'air de rêver, baissa les yeux, puis fixa de nouveau sur moi le même regard attentif et stupide ; puis, tout à coup, criant à tue-tête :

« Eh bien ! sacré nom d'une pipe, où donc est ce rouble ?

— Le voilà, le voilà, » me hâtai-je de dire, en tirant rapidement la pièce de ma poche.

Mais il ne la prenait pas et continuait à me manger des yeux. Je mis le rouble sur la table. D'un revers de main, il le jeta dans le tiroir, me lança la montre, puis, faisant demi-tour à droite et frappant du talon, il cria à sa femme et à son fils :

« Hors d'ici, drogues ! »

Ouliana voulait répondre quelque chose ; mais déjà je m'étais précipité dans la cour, dans la rue, et, plongeant en ma poche la montre que je serrais fortement dans ma main, je rentrai à la maison.

VI.

Me voilà de nouveau en possession de ma montre; mais je n'en éprouvai aucun plaisir. Je ne pouvais la porter, car il fallait avant tout cacher à David ce que j'avais fait. Qu'aurait-il pensé de mon manque de caractère? Je ne pouvais même pas enfermer cette malheureuse montre; tous les tiroirs nous étaient communs. J'en étais réduit à la cacher, tantôt au-dessus d'une armoire, tantôt sous un matelas ou derrière le poêle, et cependant je ne pus réussir à tromper David.

Un jour, ayant retiré la montre de dessous un ais du plancher, je m'imaginai d'en frotter le dos d'argent avec un vieux gant en peau de daim. David était allé dans la ville, et je n'attendais pas sitôt son retour, lorsque tout à coup il ouvre la porte et paraît.

Je me troublai tellement que je manquai laisser tomber la montre. Tout éperdu, le visage rouge jusqu'à la brûlure, je promenais le malencontreux objet sur mon gilet sans pouvoir en trouver la poche.

David m'aperçut, et, selon son habitude, sourit silencieusement.

« Qu'as-tu donc? dit-il. Crois-tu que je ne sache pas que tu as repris ta montre? Je l'ai vue dès le premier jour où tu l'as rapportée.

— Je t'assure... » allais-je dire avec des larmes...

David haussa les épaules.

« La montre est à toi, dit-il; tu peux en faire ce que tu veux. »

Ayant dit ces cruelles paroles, il sortit.

Un désespoir véritable s'empara de mon âme. Cette fois-ci, nul moyen d'en douter: indubitablement, David me méprisait.

Cela ne pouvait rester ainsi : « Je vais lui prouver... » pensai-je en serrant les dents.

Et, me dirigeant d'un pas ferme vers l'antichambre, j'y trouvai notre petit Cosaque Youchka, et je lui fis présent de la montre.

Youchka voulait refuser; mais je lui déclarai que, s'il n'acceptait pas la montre à l'instant, j'allais l'écraser, la fouler aux pieds, la briser en mille pièces et la jeter dans l'égout.

Il réfléchit un instant, et, pouffant d'un gros rire, il prit la montre de ma main. Quant à moi,

je retournai du même pas ferme à notre chambre,
et, trouvant là David qui lisait, je lui signifiai
mon action. Sans détourner les yeux de la page,
David, souriant et haussant de nouveau les
épaules, répéta simplement que ma montre était
à moi, et que j'en pouvais disposer. Et, pourtant, il me sembla qu'il me méprisait un peu
moins.

J'étais profondément convaincu que jamais
personne n'aurait désormais à me reprocher un
manque de caractère, car cette montre, ce vilain
cadeau de mon vilain parrain, m'était devenue
tout à coup tellement odieuse, que je ne pouvais
même pas comprendre comment j'avais pu la
regretter au point de la mendier d'un ridicule
vieux soldat, qui a maintenant le droit de penser
qu'il a agi généreusement à mon égard !

Plusieurs jours se passèrent, au bout desquels
arriva jusqu'à notre ville une grande et grave
nouvelle; l'empereur Paul était mort, et son fils
Alexandre, sur la justice et l'humanité duquel les
meilleurs bruits circulaient, lui avait succédé au
trône. Cette nouvelle agita terriblement David,
en lui faisant entrevoir la possibilité du retour
prochain de son père. Mon père, à moi, en eut
aussi une grande joie.

« On va faire revenir les exilés de Sibérie, et

sans doute aussi mon frère Yégor, » répétait-il en se frottant le bout des doigts, mais en toussotant et montrant quelque frayeur.

David et moi nous abandonnâmes immédiatement tout travail ; nous ne songeâmes plus au gymnase ; et nous n'allions pas même à la promenade. Nous restions blottis dans les coins, à calculer en combien de mois, de semaines, de jours, pourrait revenir le frère Yégor. Et comment lui écrire ? Et comment aller à sa rencontre ? Et comment vivrions-nous après son retour ? Le frère Yégor était un architecte ; David et moi nous décidâmes qu'il devait aller s'établir à Moscou, qu'il y construirait de grandes écoles pour les pauvres gens, et que nous serions ses assistants. Naturellement, nous avions absolument oublié la montre ; d'autant plus qu'il était survenu à David de nouveaux soucis, dont il sera parlé plus tard ; mais cette montre était encore destinée à me rappeler plus d'une fois son existence.

VII.

Un matin, nous venions de déjeuner. J'étais assis devant la fenêtre, songeant toujours au retour de mon oncle, tandis que le violent dégel des premiers jours d'avril chauffait, fumait et scintillait au dehors. Ma tante Pélagie entra en courant dans la chambre. Elle était toujours très-vive dans ses mouvements, et parlait d'une voix criarde, en gesticulant des bras. Mais, cette fois, elle fondit sur moi.

« Va-t'en, cours à l'instant chez le père, être sans pudeur. Quelle machination avez-vous donc inventée ? Vous allez voir ce qui vous arrivera à tous deux. Nastaséï Nastaséïtch a tiré au clair toutes vos fourberies. Va donc, ton père t'appelle ; va sur-le-champ ! »

Ne comprenant rien encore, je suivis machinalement ma tante, et, ayant passé le seuil du salon, j'aperçus mon père qui marchait à grands pas de long en large, et s'ébouriffait les cheveux, Youchka,

tout en larmes près de la porte, et, dans un coin,
sur une chaise, les pieds rentrés sous les bar-
reaux, les mains croisées sur l'estomac, mon parrain, laissant éclater une malignité satisfaite dans
ses narines gonflées et ses yeux pétillants. Dès
que je parus, mon père s'élança :

« Tu as donné la montre à Youchka ? Dis, réponds. »

Je jetai un regard sur le petit Cosaque.

« Réponds donc, » reprit mon père en frappant du pied.

Je dis oui, et je reçus aussitôt un vigoureux
soufflet qui dut causer un grand contentement à
ma tante, car je l'entendis pousser un glousse-
ment de plaisir, comme si elle avait avalé une
bonne gorgée de thé bien chaud. De moi, mon
père courut sur Youchka.

« Et toi, coquin, tu ne devais pas oser accepter
la montre, répétait-il en le secouant par les cheveux. Et tu l'as même vendue à un horloger,
vaurien ! »

Youchka, en effet, comme je l'ai su plus tard,
avait tout bonnement, dans la simplicité de son
cœur, porté ma montre chez le premier horloger
venu. Celui-ci l'avait accrochée à la devanture de
sa boutique; mon parrain, l'y ayant reconnue,
l'avait rachetée et rapportée à la maison.

Du reste, notre interrogatoire et notre sentence, à Youchka et à moi, ne durèrent pas longtemps. Mon père se mit à tousser, à s'étrangler, et d'ailleurs ce n'était pas dans sa nature de rester longtemps en colère.

« Mon bon petit frère Porfiri Pétrovitch, dit ma tante dès qu'elle se fut aperçue, non certes sans regret, que la bile de mon père s'était calmée, daignez ne plus vous inquiéter davantage ; cela ne vaut pas la peine de salir vos petites mains. Voici ce que je propose : avec le consentement du respectable Nastaséï Nastaséïtch, et vu la grande ingratitude de monsieur votre fils, je prendrai la montre, moi ; et comme il a prouvé par son action qu'il est indigne de la porter, et même qu'il n'en comprend pas le prix, j'en ferai cadeau, en votre nom, à un certain particulier qui sera très-sensible à votre attention.

— Qui cela ? demanda mon père.

— Crysanthe Loukitch, répondit ma tante, après un peu d'hésitation.

— Crysachka ! s'écria mon père. Et, faisant de la main un signe de mépris : Cela m'est bien indifférent. Vous pouvez la jeter dans le poêle. »

Il reboutonna son frac à la française et sortit, courbé en deux par les efforts de la toux.

« Et vous, cher parent, vous consentez ? dit ma tante en s'adressant à mon parrain.

— Sans le moindre petit doute, » répondit l'autre.

Pendant toute la scène, il n'avait pas soufflé mot ; mais, ricanant sournoisement, il n'avait cessé de promener sur mon père et sur moi ses yeux de renard. C'était pour lui un vrai spectacle.

La proposition de ma tante m'avait indigné jusqu'au fond de l'âme. Ce n'était pas que je regrettasse beaucoup la montre ; mais l'homme à qui elle la destinait ne m'inspirait que de la haine. Ce Crysanthe Loukitch, dont le nom de famille était Trankillitatine, était un long et lourd séminariste qui hantait notre maison, le diable sait pourquoi. « Pour s'occuper des enfants, » affirmait ma tante. Mais il ne pouvait pas s'occuper de nous, par la bonne raison qu'il ne savait rien lui-même et qu'il était bête comme un cheval. Il y avait, en effet, du cheval en lui : il frappait du pied comme d'un sabot, hennissait au lieu de rire, avait le visage long, busqué, avec de grandes mâchoires plates ; il portait un long tartan, en drap velu de Frise, et il répandait une odeur de viande crue. Ma tante l'adorait ; elle l'appelait bel homme, beau cavalier, et même « beau gre-

nadier ». Il avait l'habitude de donner des chiquenaudes aux enfants sur le front — j'en avais
reçu quand j'étais plus jeune — avec les ongles
durs de ses longs doigts, et, tout en frappant, il
disait d'un air goguenard : « Comme ta tête résonne ! il faut qu'elle soit vide. »

Et cet animal va posséder ma montre ! Non,
pour rien au monde ! décidai-je en mon esprit,
après avoir quitté le salon et m'être blotti sur mon
lit, les pieds repliés, alors que ma joue était de
plus en plus brûlante du soufflet reçu et que mon
cœur s'enflammait aussi de l'amertume de l'outrage et de la soif de la vengeance. Pour rien au
monde je ne permettrai qu'un vil séminariste se
moque ainsi de moi. Il mettra la montre dans
son gousset, fera serpenter la chaîne sur son ventre, se mettra à hennir de joie et d'orgueil ! Non,
pour rien au monde !

Fort bien ; mais comment faire ? Comment empêcher le cadeau ? Je pris le parti de voler la
montre à ma tante.

VIII.

Par bonheur, Trankillitatine s'était absenté ce jour-là de la ville; il ne pouvait y revenir que le lendemain. Il fallait donc profiter de la nuit. Ma tante ne s'enfermait pas dans sa chambre, nulle des clés de la maison ne jouait dans les serrures. Mais où aura-t-elle mis la montre? où l'aura-t-elle cachée? Jusqu'au soir elle l'avait portée dans sa poche; plus d'une fois, elle l'en avait tirée pour l'examiner à loisir. Mais où sera-t-elle pendant la nuit?

« Ah! c'est mon affaire de trouver l'endroit, » pensai-je en agitant mes poings fermés.

J'étais enflammé de hardiesse, de terreur et de joie, à l'idée du crime prochain et désiré. Je secouais la tête constamment, je fronçais les sourcils, je murmurais : « Attendez un peu. »

Je menaçais, j'étais méchant, j'étais dangereux, et j'évitais David. Personne, pas même lui, ne devait avoir le moindre soupçon du forfait que j'allais commettre!

J'agirai seul, et seul je serai responsable.

Le jour se traîna lentement jusqu'au bout ;
puis la soirée ; la nuit vint enfin. Je n'avais rien
fait ; je m'étais efforcé de ne pas même bouger.
Une seule pensée s'était fixée dans ma tête comme
un clou.

Pendant le dîner, mon père, dont la colère,
comme je l'ai dit, s'apaisait facilement (peut-être
avait-il un peu honte de son emportement, car on
ne frappe pas un garçon de seize ans au visage),
mon père avait essayé de se montrer caressant ;
mais je repoussai ses avances, non par rancune,
comme il le crut en ce moment, mais tout bonnement dans la crainte de me laisser attendrir. Il
fallait garder intacts tout le feu de la vengeance
et toute l'inflexibilité d'une irrévocable résolution. Je me couchai de très-bonne heure ; mais,
comme de raison, je ne m'endormis pas. Je n'essayai pas même de fermer les yeux ; au contraire,
je les écarquillai, tout en jetant ma couverture
par-dessus ma tête. Je n'avais pas calculé d'a-
vance comment j'accomplirais mon projet ; je
n'avais aucun plan ; je me contentais d'attendre
le moment où tout enfin serait tranquille dans la
maison. Je n'avais pris qu'une seule mesure,
celle de ne pas ôter mes chaussettes.

La chambre de ma tante se trouvait à l'étage

au-dessus du rez-de-chaussée. Il me fallait traverser la salle à manger et l'antichambre, monter l'escalier, suivre jusqu'au bout un petit corridor, et là, à droite, la porte... Pas besoin de prendre un bougeoir ou une lanterne. Je savais que, dans la chambre de ma tante, devant les saintes images, brûlait une lampe « éternelle ». J'étais donc sûr d'y voir clair. Je continuais à rester couché, les yeux toujours ouverts, la bouche ouverte et sèche. Le sang me battait dans les artères, partout, aux tempes, aux oreilles, au dos, à la gorge. J'attendais... mais on eût dit qu'un malin démon se moquait de moi ; l'heure s'écoulait, et le silence ne voulait pas s'établir !

IX.

Jamais, à ce qu'il me parut, David ne s'était endormi si tard. Lui, le silencieux David, avait plus d'une fois essayé d'entamer une conversation avec moi. Jamais on n'avait si longtemps frappé, marché, parlé dans la maison. « Qu'ont-

ils donc à se dire? pensais-je. N'ont-ils pas assez
bavardé depuis ce matin ? » Les bruits extérieurs
s'obstinaient à ne pas cesser davantage. Tantôt
un chien jappait d'un ton plaintif; tantôt un
paysan ivre balbutiait des jurons; tantôt une
grande porte cochère criait sur ses gonds, ou bien
encore une maudite petite téléga, sur ses roues
disjointes, n'en finissait pas de passer devant la
maison.

Du reste, ces bruits-là ne m'irritaient pas outre
mesure; peut-être ils détournaient l'attention.
Mais voilà qu'enfin, enfin, tout se calme, tout se
tait. Le seul balancier de notre vieille pendule
fait résonner dans la salle à manger sa voix
enrouée et grave. Je tends l'oreille et je n'entends
plus que la respiration longue, mesurée et comme
pénible de gens endormis. Je vais me lever...
Mais voici de nouveau comme un faible gémissement, comme la chute d'une chose molle,
comme un vague murmure qui glisse le long
des parois; ou bien rien de tout cela n'existe,
et c'est mon imagination seule qui me joue ces
tours ?

Voici enfin le cœur, le milieu sourd, le morne
centre de la nuit. Il est temps. Tout glacé d'a-
vance, je jette les couvertures, je laisse couler
mes jambes jusqu'à terre, je me lève. Un pas,

puis un autre. Les plantes des pieds, qui ne me
semblent pas à moi, se posent lourdes et incer-
taines. Halte-là ! quel est ce bruit ? N'entends-je
pas quelqu'un scier, ou rire tout bas, ou soupirer ?
Des fourmillements me courent dans les joues ;
des larmes froides me baignent les yeux. J'é-
coute... ce n'est rien. En avant ! il fait sombre,
mais je sais le chemin. Tout à coup je me heurte
contre une chaise. Quel fracas ! Et quelle douleur ! Le coup est venu juste au-dessus du genou.
Si l'on allait se réveiller ? Tant pis ! Soudain, je
me sens hardi et résolu. La salle à manger est
déjà franchie ; j'ai trouvé la porte ; d'une seule
poussée je l'ai ouverte toute grande. Le maudit
gond a pourtant crié. Tant pis encore, je m'en
moque. Déjà je monte l'escalier ; une marche a
gémi sous mon pied ; je lui jette un regard de
fureur, comme si je pouvais la voir. Je tire à
moi la seconde porte. Celle-ci se laisse ouvrir
de bonne grâce, et me voici dans le corridor.

Là, tout à fait sous le plafond, se trouve une
petite fenêtre. La faible lueur du ciel nocturne
pénètre à peine à travers le sombre vitrage. A ce
pâle reflet, j'entrevois, sur un lambeau de feutre
étendu par terre, une jeune servante, les deux
bras relevés autour de sa tête ébouriffée. Elle

respire vite dans son lourd sommeil; et, au delà d'elle, la porte fatale.

D'un seul pas je franchis et le feutre et la jeune fille, et sans savoir qui m'ouvre la porte, je me trouve dans la chambre de ma tante. Voilà bien la lampe aux images dans un coin, et le lit dans un autre. Et, sur le lit, le visage tourné de mon côté, enveloppée dans sa camisole, immobile comme une morte, voilà ma tante. La flamme de la lampe s'agite faiblement, ébranlée par le flot d'air frais, et pendant un instant, dans toute la chambre, et sur le visage de ma tante, jaune comme la cire, s'agitent aussi des ombres.

Et voilà la montre!... sur son petit coussinet brodé, pendu contre le mur au-dessus du lit. Quel bonheur! Allons, il faut agir. Mais quels sont ces pas mous et rapides, qui viennent derrière mon dos? C'est donc mon cœur qui bat? J'avance le pied. Grand Dieu! Une forme ronde, pas très-grande, me pousse contre le mollet... Une fois, deux fois... Je suis prêt à crier de terreur, à tomber à la renverse.... Un gros chat tigré, le chat de la maison, se tient devant moi, le dos voûté, la queue droite. Il saute sur le lit, lourdement mais sans bruit, se retourne vers moi, et sans ronronner, se tient assis, grave comme un juge, fixant sur moi ses prunelles dorées. Je murmure doucement : « Minet, Minet » ; je me penche par-dessus lui, par-dessus ma tante, et je décroche la montre. Horreur ! ma tante se dresse tout à coup, les paupières grandes ouvertes... Bon Dieu ! que va-t-il arriver ? Mais ses paupières tremblotent, se ferment, et, marmottant des paroles indistinctes, sa tête retombe sur l'oreiller.

Un instant de plus, et me revoilà dans ma chambre, dans mon lit, et la montre est dans ma main !

Plus léger et plus rapide qu'une flèche, j'avais retrouvé mon chemin. Je suis un brave, un voleur, un héros ; je suis haletant de joie, j'ai chaud, je ris, je voudrais réveiller David pour tout lui raconter, et, chose incroyable, je m'endors aussitôt comme un homme foudroyé.

Plus tard, j'ouvre les yeux ; la chambre est claire, le soleil est levé. Par bonheur, personne encore ne bouge dans la maison. Je me précipite, je réveille David, je raconte mon aventure ; il m'écoute et sourit :

« Sais-tu ? me dit-il. Enfouissons dans la terre cette stupide montre pour qu'il n'en soit plus jamais question. »

Son idée me semble admirable. En quelques

instants nous sommes habillés. Nous courons au verger derrière la maison; et là, sous un vieux pommier, au fond d'un trou hâtivement creusé avec le couteau de David dans la terre amollie par le printemps, disparaît à jamais le cadeau détesté de mon parrain. L'affreux Trankillitatine ne l'aura pas! Nous foulons bien la terre; nous la couvrons de gravois, et fiers, heureux, tranquilles, nous retournons à la maison, nous rentrons dans nos lits et nous dormons deux heures encore du plus délicieux sommeil.

X.

Vous pouvez aisément vous figurer quel tumulte s'éleva, le matin suivant, dès que ma tante s'aperçut de la disparition de la montre. Encore à présent, ses cris perçants retentissent à mes oreilles. « Au secours! au voleur! Qu'on rosse tous les gens! De dessous mon oreiller on m'a dérobé la montre! » Elle criait, et David et moi nous ne faisions que sourire en silence, et ce

6

sourire nous était bien doux. Nous étions prêts à tout événement ; nous nous attendions à une catastrophe ; mais, contrairement à notre attente, la catastrophe n'arriva point. Au premier moment, mon père entra, il est vrai, dans une grande colère ; il parla même de faire venir la police ; mais, soit qu'il eût encore la scène de la veille sur le cœur, soit tout autre motif, à notre grand étonnement, ce n'est pas sur nous, mais sur ma tante, que creva la tempête.

« Vous et votre montre, Pélagie Pétrovna, dit-il tout à coup, vous m'excédez plus que la rave amère ; je ne veux plus en entendre parler. Vous me dites : « Ce n'est pas pourtant par sorcellerie qu'elle a disparu. » — Et après, qu'est-ce que cela me fait ? « Que dira Nastaséï Nastaséïtch ? » — Que le diable l'emporte, votre Nastaséï Nastaséïtch. Je n'ai de lui que déboires et vilenies. Qu'on n'ose plus me déranger, entendez-vous ? »

Mon père frappa la porte et s'enferma dans son cabinet.

David et moi, dans le premier moment, nous ne pouvions pas comprendre l'allusion que renfermaient ces dernières paroles. Mais nous apprîmes plus tard que, précisément ce jour-là, mon père était très-monté contre mon parrain, qui lui avait soufflé une affaire avantageuse. Ainsi ma

tante se trouva, comme disent les enfants, avec
un pied de nez. Elle pensa en mourir de dépit.
Mais que faire ? Il ne lui resta plus que de murmurer en tordant la bouche de mon côté, lorsqu'elle passait près de moi : « Voleur ! galérien ! »
Ces injures me causaient un vrai plaisir ; il m'é-
tait aussi très-agréable, en traversant le verger,
de glisser un regard d'une feinte indifférence sur
le pommier au pied duquel gisait la montre enterrée, et, si David par hasard se trouvait là,
d'échanger avec lui une grimace significative.

Ma tante eut un instant l'idée de lancer sur moi
son lourdaud de séminariste. Mais j'eus recours
à l'aide de David, qui lui déclara catégorique-
ment qu'il lui fendrait le ventre avec un couteau
s'il ne me laissait pas en repos. Trankillitatine
prit peur, car, tout cavalier et grenadier qu'il
était d'après ma tante, il ne brillait pas par la
vaillance.

Cinq semaines se passèrent ainsi. Mais n'allez
pas croire qu'ici se termine l'histoire de la montre. Elle reprend de plus belle ; seulement, pour
continuer mon récit, je dois introduire un nouveau personnage ; et, pour faire cela, il faut que
je retourne un peu en arrière.

XI.

Mon père avait été longtemps lié, et même intimement, avec un employé en retraite, du nom de Latkine. Un petit homme malingre, boiteux, aux manières timides, de ceux enfin pour qui s'est fait le dicton populaire que « Dieu lui-même les a tués d'avance ». De même que mon père et Nastaséï, il s'occupait d'agences d'affaires ; c'était aussi un procureur au petit pied. Mais, ne possédant ni l'extérieur qui représente, ni le don de la parole, et n'ayant nulle confiance en lui-même, il n'osait pas agir de son propre chef, et s'était accolé à mon père. Son écriture était perlée ; il possédait les lois ; il avait pénétré à fond toutes les volutes du style pétitionnaire et chicanier ; il abattait rudement de la besogne avec mon père ; tous deux partageaient les profits et les pertes. Rien ne semblait pouvoir rompre leur amitié ; et pourtant, en un jour, elle s'écroula, et pour jamais.

Mon père se brouilla mortellement avec lui. Si

Latkine lui avait soufflé une bonne affaire, à l'ins-
tar de mon parrain, qui le remplaça, mon père
n'aurait pas été plus indigné contre lui que contre Nastaséï, peut-être moins. Mais Latkine, sous
l'influence d'un sentiment inexplicable d'avidité
ou d'envie, ou peut-être sous l'inspiration mo-
mentanée d'un sentiment d'honnêteté, avait trahi
mon père, l'avait livré à l'un de leurs clients
communs, un jeune et riche marchand ; il avait
ouvert les yeux de cet adolescent insouciant sur
certain... petit tour qui devait rapporter un béné-
fice considérable à mon père. Ce n'est pas la perte
d'argent, si grande qu'elle fût, c'était la trahison
qui l'avait exaspéré. Il ne pouvait pardonner la
perfidie.

« Voyez-vous ce saint homme qui s'est dévoilé
tout à coup ? » répétait-il tout tremblant de colère,
et claquant des dents comme dans un accès de
fièvre.

Je me trouvais dans la chambre, et fus témoin
de cette terrible scène.

« Bon ! bon ! criait mon père ; dès aujourd'hui
Amen ; tout est fini. Voilà les saintes images, et
voilà la porte. Ni moi chez toi, ni toi chez moi.
Vous êtes trop scrupuleux pour nous, monsieur ;
nous ne pouvons faire société ensemble. Va, et
n'aie plus ni feu ni lieu. »

6.

En vain Latkine supplia; en vain, il frappa la terre de son front; en vain il essaya d'expliquer ce qui remplissait son âme d'une espèce de stupéfaction douloureuse.

« Sans aucun profit pour moi-même, Porfiri Pétrovitch, balbutiait-il; je me suis coupé le cou moi-même... »

Mon père resta inflexible, et, depuis lors, Latkine ne mit plus le pied à la maison. Le destin sembla vouloir exaucer le dernier et cruel souhait de mon père. Bientôt après la rupture (elle avait eu lieu deux ans avant le commencement de mon récit), la femme de Latkine, malade, il est vrai, depuis longtemps, acheva de mourir; sa seconde fille, un enfant de trois ans, devint sourde et muette de terreur, parce qu'un essaim d'abeilles s'était posé sur sa tête; et Latkine lui-même, après une attaque d'apoplexie, était tombé dans la misère définitive et sans remède. Il vivait dans une espèce de hutte, à demi ruinée, à quelque distance de notre maison. Sa fille aînée, Raïssa, habitait avec lui et menait le pauvre ménage. Cette Raïssa est justement le nouveau personnage qu'il s'agit d'introduire dans mon récit.

XII.

Aussi longtemps que son père avait été ami du mien, nous la voyions sans cesse. Elle passait quelquefois des jours entiers chez nous, à coudre et à filer de ses mains fines et adroites. C'était une jeune fille bien faite, un peu maigre, avec des yeux bruns très-intelligents, le visage pâle et allongé. Elle parlait peu, mais sensément, d'une voix sonore, sans presque ouvrir la bouche, et sans montrer les dents. Mais s'il lui arrivait de rire, ce qui était rare et ne lui durait jamais long-temps, elle les montrait toutes à la fois, grandes et blanches comme des amandes. Je me souviens aussi de sa démarche, légère, élastique, avec un petit sautillement à chaque pas. Il semblait tou-jours qu'elle descendait les degrés d'un escalier, même lorsqu'elle marchait sur un terrain uni. Elle se tenait toute droite, les bras croisés sous la taille ; et, quoi qu'elle fît, ne fût-ce qu'enfiler une aiguille ou repasser une robe, chaque mouvement avait un air gracieux, et, vous ne le croirez peut-être pas, un air touchant. Son nom de baptême était Raïssa; mais nous l'avions surnommée *Lèvre noire,* parce qu'au-dessus de la lèvre supérieure, elle avait une petite tache de naissance couleur gros-bleu, comme si elle eût mangé des mûres; ce qui ne l'enlaidissait pas, bien au contraire. Elle avait juste un an de plus que David.

J'avais pour elle un sentiment qui ressemblait au respect; mais nous nous connaissions peu, nous avions peu de rapports ensemble, tandis qu'entre elle et David il s'était établi une sorte d'amitié étrange, pas enfantine, mais bonne et sincère. L'un allait très-bien à l'autre, et réciproquement. Quelquefois, pendant des heures entières, ils n'échangeaient pas une parole. Mais chacun d'eux se sentait bien, seulement parce qu'ils étaient ensemble. Je dois dire que je n'ai jamais rencontré une autre jeune fille comme elle; il y avait, dans cette Raïssa, quelque chose d'attentif et de décidé, quelque chose d'honnête, de triste et de charmant. Je ne lui ai jamais entendu dire une parole spirituelle; mais aussi jamais rien de trivial et de vulgaire. Et puis, ses yeux étaient toujours si intelligents! Depuis que la rupture se fit entre sa famille et la nôtre, je ne

la vis plus que rarement. Mon père m'avait très-
sévèrement défendu de fréquenter les Latkine,
et Raïssa ne se montrait plus chez nous. Mais
je la rencontrais dans la rue, à l'église, et la
petite « Lèvre noire » continuait à m'inspirer
les mêmes sentiments, le respect et une certaine
admiration plutôt que la pitié.

Elle supportait si bien son malheur! « C'est un
vrai caillou que cette fille, » disait le lourdaud
Trankillitatine lui-même. Cependant on aurait
dû avoir pitié d'elle. Son visage avait pris une
expression fatiguée et soucieuse; ses yeux s'é-
taient creusés; un fardeau trop lourd s'était ap-
pesanti sur ses jeunes épaules. David la voyait
beaucoup plus souvent que moi; il allait même
la visiter dans sa maison. Mon père avait re-
noncé à le lui défendre, sachant bien qu'il n'obéi-
rait pas. De son côté, Raïssa paraissait de temps
en temps près de la haie de notre verger, et s'y
rencontrait avec David. Elle ne venait pas là pour
faire une causette avec lui, mais elle lui faisait
part de quelque embarras nouveau, et lui de-
mandait conseil. L'apoplexie qui avait frappé
Latkine était d'une nature assez bizarre; ses bras
et ses jambes, bien qu'affaiblis, ne refusaient pas
tout service, et sa cervelle même fonctionnait ré-
gulièrement; mais sa langue s'embarrassait, et,

au lieu de certaines paroles, en prononçait d'autres. Il fallait deviner ce qu'il voulait dire.

« Tchou, Tchou, murmurait-il avec effort, — il commençait chacune de ses phrases par cette interjection, — des ciseaux ! » Et les ciseaux voulaient dire du pain.

Il haïssait mon père de toutes les forces qui lui étaient restées ; il attribuait à sa malédiction tous les maux qui l'avaient frappé depuis. Tantôt il l'appelait boucher, tantôt joaillier.

« N'ose pas aller chez le joaillier, Basilievna ! » C'est ainsi qu'il nommait sa fille, bien que son propre nom fût Martinien. Il devenait plus exigeant de jour en jour. Et comment satisfaire ses caprices ? Où prendre l'argent nécessaire ? Le malheur vieillit vite ; mais il était vraiment cruel d'entendre certaines paroles dans la bouche d'une jeune fille de dix-sept ans.

XIII.

Je me souviens d'avoir assisté à sa conversation avec David, au coin de notre haie, le jour même où venait de mourir la mère de Raïssa :

« Ce matin, au petit jour, la mère a fini, disait-elle après avoir fait errer çà et là ses yeux expressifs et les avoir ensuite fixés à terre. La cuisinière s'est proposée pour acheter un cercueil pas cher. Mais on ne peut pas compter sur elle ; elle est capable de boire l'argent. Tu devrais venir, David ; elle aura peur de toi.

— J'irai, répondit David. Et que fait le père ?

— Il pleure ; il dit : « Enterrez-moi aussi. » Il dort maintenant. »

Raïssa laissa tout à coup échapper un profond soupir :

« Ah ! mon petit David, mon petit David ! »

Elle passa son poing à demi fermé le long de son front et de ses sourcils ; et ce mouvement, plein d'amertume, fut aussi sincère et aussi touchant que chacun de ses mouvements.

« Il faut que tu t'épargnes, dit David ; tu n'as sans doute pas dormi. A quoi sert de pleurer ? ça ne diminue pas le chagrin.

— Je n'ai pas le temps de pleurer.

— Tu as raison, dit David. Ce sont les riches qui peuvent s'amuser à pleurer. »

Raïssa allait s'éloigner ; elle revint sur ses pas.

« On veut nous acheter le châle jaune, tu sais, celui qui vient de la dot de maman. On en offre douze roubles ; je crois que c'est peu.

— Certainement, c'est peu.

— Nous ne l'aurions pas vendu, reprit Raïssa après une pause. Mais il faut bien de l'argent pour l'enterrement.

— Sans doute, mais il ne faut pas jeter l'argent. Tous ces popes sont si goulus ! Est-ce qu'on peut jamais les rassasier ? Attends un peu ; je vais aller. Tu t'en vas, toi ; adieu, ma colombe.

— Adieu, petit pigeon, petit frère.

— Surtout, pas de pleurs, n'est-ce pas ?

— Comment veux-tu que je pleure ? Ou faire la soupe, ou pleurer, l'un des deux.

— Eh quoi, faire la soupe ! dis-je à David dès que Raïssa fut partie ; est-ce que Raïssa fait le dîner ?

— Mais tu viens d'entendre que la cuisinière est allée chercher un cercueil. »

Elle fait le dîner, pensai-je ; et ses mains sont toujours si propres ; et sa robe aussi. J'aurais bien voulu voir comment elle s'en tire. Quelle jeune fille étonnante !

Je me souviens encore d'une autre conversation près de la haie. Cette fois-ci, Raïssa avait amené sa petite sœur, la sourde-muette. C'était une très-jolie enfant, avec de grands yeux toujours étonnés, et toute une masse de cheveux noirs d'un ton mat sur une petite tête. (Raïssa avait aussi les cheveux noirs et sans reflet.)

« Je ne sais que faire, nous dit Raïssa ; le docteur a prescrit un remède pour mon père ; il faut que j'aille à la pharmacie ; et voilà que notre paysan (il était resté un seul serf à Latkine) nous a apporté du bois de la campagne, et une oie ; et le propriétaire nous prend tout cela. Il dit : « Vous me devez votre loyer. »

— Il prend l'oie ? demanda David.

— Non, pas l'oie. Elle est vieille, dit-il ; elle n'est plus bonne à pondre. C'est pour ça, dit-il, que votre paysan vous l'a apportée. Mais il nous prend le bois.

— Il n'en a pas le droit ! s'écria David.

— Il n'en a pas le droit, mais il prend tout de

7

même. Je suis montée au grenier ; nous avons là
un vieux coffre, bien vieux ; je me suis mise à
fouiller dedans, et vois un peu ce que j'y ai
trouvé. » Elle sortit de dessous son fichu une
assez grande lunette d'approche, montée en cuivre et recouverte d'un cuir jauni. David, comme
amateur et connaisseur en toute espèce d'instru-
ments, la saisit aussitôt.

« C'est une lunette anglaise, murmura-t-il,
en la plaçant tantôt devant un œil, tantôt devant
l'autre, une lunette marine.

— Les verres sont entiers, fit observer Raïssa ;
je l'ai montrée à papa ; il m'a dit : « Va la mettre
en gage chez le joaillier. » Crois-tu qu'il en donnera quelque chose ? Qu'avons-nous besoin de
lunette ? Pour voir dans un miroir combien nous
sommes beaux ? Mais avons-nous des miroirs,
nous autres ? »

En disant cela, Raïssa partit d'un éclat de
rire. Sa petite sœur ne pouvait pas l'entendre ;
mais probablement elle ressentit le frémissement
de son corps, car elle la tenait par la main. Et,
levant sur elle ses grands yeux effrayés, elle se
tordit tout à coup le visage, et fondit en larmes.

« Voilà comme elle est toujours, dit Raïssa ;
elle n'aime pas qu'on rie. — Je ne le ferai plus,
Loubotchka, ajouta-t-elle en s'accroupissant près

de l'enfant et en lui passant la main dans les cheveux. Tu vois bien ? »

Le rire disparut du visage de Raïssa, et ses lèvres, dont les coins se relevaient si gentiment, redevinrent immobiles. L'enfant se tut. Raïssa se leva.

« Allons, mon petit David, tire parti de la lunette. Sans quoi il serait bien dommage de perdre le bois, et l'oie aussi, toute vieille qu'elle est.

— On en donnera au moins dix roubles, dit David en retournant la lunette en tout sens. Je te l'achète, moi. Que veux-tu de mieux ? En attendant, tiens, voici quinze kopecs pour la pharmacie. Est-ce assez ?

— Je te les emprunte, dit Raïssa à voix basse en recevant dans sa main la petite pièce de monnaie.

— Par exemple ! veux-tu aussi que je te prenne des intérêts, quand j'ai un gage dans la main ? Quel objet magnifique ! Les Anglais sont le premier peuple du monde.

— Mais on dit que nous allons leur faire la guerre.

— Oh! non. Nous sommes en train maintenant de rosser les Français.

— Tu dois savoir cela mieux que moi ; adieu, messieurs. »

XIV.

Je me rappelle encore une dernière causerie auprès de la même haie. Raïssa semblait plus soucieuse que de coutume.

« Cinq kopecs une tête de chou ! et toute petite ! disait-elle en appuyant son menton sur sa main. Voyez un peu comme c'est cher. Et je n'ai pas encore reçu d'argent pour ma couture.

— Qui te doit cet argent ?

— Toujours la même ; cette marchande qui demeure derrière le rempart.

— Ah ! cette grosse qui porte toujours une camisole verte ?

— Qui, celle-là.

— Voyez cette grosse ; la graisse l'empêche de respirer ; on ne peut pas tenir à côté d'elle à l'église, tant il fait chaud ; et elle ne paye pas ses ouvrières.

— Elle payera, mais quand ? Et puis, mon petit David, voilà que j'ai d'autres soucis. Le père s'est mis dans la tête de me raconter ses songes. Tu sais, sa langue ne lui obéit plus ; il veut dire un mot, il en dit un autre. Quand il s'agit de la nourriture et d'autres choses journalières, nous sommes habitués, nous le comprenons ; mais le songe... c'est difficile à comprendre, même chez les gens qui se portent bien. « Je suis très-gai, m'a-t-il dit aujourd'hui ; je me suis promené parmi des oiseaux blancs, et le Seigneur Dieu m'a fait cadeau d'un bouquet, et dans le bouquet, le petit André avec un canif. » Tu sais, c'est ainsi qu'il nomme ma sœur. « Maintenant, maintenant, nous nous porterons bien tous deux ; mais il faut, avec ce petit canif, faire *v'lan*, comme cela. » Et il passe son doigt sur son cou,

« Je ne le comprends pas ; je lui dis : « C'est bien, papa, c'est bien. » Mais lui, il se fâche ; il veut m'expliquer de quoi il s'agit, et il a fini par pleurer.

— Mais alors, m'écriai-je, tu aurais dû lui dire quelque chose, faire quelque mensonge.

— Je ne sais pas mentir, répondit Raïssa d'un ton plaintif. » En effet, elle ne le savait pas.

« Il ne faut pas mentir, reprit David ; mais il ne faut pas non plus te chagriner ; personne ne t'en remerciera. »

Raïssa le regarda attentivement : « Je voulais

te demander une chose, David : Comment écrit-
on *bourfu?*

— Qu'est-ce que ça veut dire *bourfu?*

— Par exemple, si je voulais écrire : Pourvu
que tu sois en vie...

— Écris p, o, u, r, f, u...

— Non, interrompis-je ; pas f, mais v.

— Bon, écris : vu ; mais surtout vis toi-même.

— J'aurais bien voulu savoir écrire correcte-
ment, dit Raïssa en rougissant, et, chaque fois
qu'elle rougissait, elle devenait aussitôt très-jolie.
Ça peut servir. Dans le temps, le père écrivait de
telle façon que tout le monde l'admirait. Il avait
commencé à me donner des leçons ; mais c'est à
peine s'il peut maintenant reconnaître ses lettres.

— Vis, toi, c'est l'important, » répéta David
en baissant la voix et sans la quitter des yeux.
Raïssa lui jeta un rapide regard, et rougit davantage. « Vis, et, quant à écrire, écris comme tu
peux... Diable ! voici la sorcière qui vient. »

C'est ainsi que David désignait ma tante.

« Sauve-toi, mon âme ! »

Raïssa le regarda une dernière fois, et partit
en courant.

David parlait rarement, et à contre-cœur,
d'elle et de sa famille, surtout depuis qu'il s'était
mis dans la tête d'attendre son père. Il ne pensait

qu'à ce père et à la vie que nous mènerions après son retour. Il se le rappelait très-clairement et prenait plaisir à me le dépeindre.

« Il est grand, fort ; il soulève d'une main dix pouds (400 livres). Quand il criait : « Holà, quelqu'un ! » ça résonnait dans toute la maison. Et quel gaillard ! n'ayant peur de personne. Ah ! nous menions une fameuse vie avant qu'on nous eût ruinés. On dit qu'il est devenu tout gris ; mais alors il était roux comme moi. Et quelle force ! »

David ne voulait pas admettre que nous resterions à Riazan.

« Vous partirez, vous autres, disais-je ; mais, moi, je resterai.

— Eh ! non, nous t'emmènerons avec nous.

— Et le père, qu'en ferais-je ?

— Ton père ? tu le lâcheras, et, si tu ne le lâches pas, tu es perdu toi-même.

— Pourquoi ? »

David ne répondit rien, et se contenta de froncer ses gros sourcils pâles.

« Voilà : quand nous partirons avec mon père à moi, il trouvera bien une bonne place ; je me marierai.

— Oh ! ce ne sera pas de sitôt, remarquai-je.

— Si, je me marierai bientôt.

« — Toi ?

— Oui, moi.

— Est-ce que tu aurais déjà en vue une fiancée ?

— Oui, certes.

— Qui donc est-elle ? »

David sourit.

« Quelle tête de bois fais-tu ? Naturellement,
Raïssa. »

Je restai stupéfait :

« Tu plaisantes...

— Frère, je ne sais pas, et je n'aime pas plai-
santer.

— Mais elle a un an de plus que toi.

— La belle affaire ! Du reste, assez causé !

— Une seule question : sait-elle que tu as l'intention de l'épouser ?

— Probablement.

— Mais tu ne lui as pas ouvert ton cœur ?

— Que signifie « ouvrir son cœur » ? Le temps
viendra, et je lui dirai... Mais, bast ! assez comme
cela ! »

David se leva, et sortit de la chambre. Resté
seul, je me mis à réfléchir, et j'arrivai à la conclusion que David agissait en homme raisonnable, en homme pratique, et même je me sentis
intérieurement flatté d'être l'ami d'un homme

aussi pratique et aussi raisonnable que lui. Et
Raïssa, dans son éternelle petite robe noire, me
parut charmante et digne de l'amour le plus
dévoué.

XV.

Le père de David ne revenait toujours pas, et
n'envoyait pas même de lettres. Le mois de juin
tirait déjà à sa fin ; nous étions tous excédés de
l'attente. Des bruits couraient que l'état de Latkine avait subitement empiré et que sa famille,
si elle ne mourait pas de faim, pouvait être écra-
sée sous la ruine du toit de la maison. David
avait changé de visage et d'humeur ; il était devenu si sombre et si farouche qu'il ne faisait pas
bon s'approcher de lui. Il disparaissait souvent.
Quant à Raïssa, on ne la voyait plus du tout. De
temps en temps, je l'entrevoyais traversant la
rue, avec sa démarche élégante et légère, droite
et les mains serrées à la taille, son charmant
visage pâli et soucieux. C'est tout. Ma tante,

aidée de son séminariste, continuait à me tourmenter, et à murmurer d'un ton de reproche : « Voleur, monsieur, voleur ! » Mais je ne lui prêtais aucune attention. Quant à mon père, il était plongé dans ses affaires jusqu'au cou, allait courant de droite et de gauche, et ne prenait nul souci de ce qui se passait à la maison.

Un jour, passant devant notre pommier et jetant par habitude un regard au pied de l'arbre, je crus m'apercevoir qu'un certain changement s'était opéré à la surface de la terre qui couvrait notre trésor. Une petite éminence avait paru là où il y avait eu un trou, et les gravois que nous avions répandus semblaient disposés autrement.

Qu'est-ce que cela signifie ? pensai-je. Quelqu'un aurait-il pénétré notre secret et déterré la montre ?.

Il fallait s'en assurer par ses propres yeux. Mon indifférence à l'égard de cette montre qui se rouillait dans le sein de la terre était complète ; mais fallait-il permettre qu'un autre s'en emparât ? Aussi, dès le lendemain, m'étant levé avant le jour et armé d'un couteau, je gagnai le verger et me mis à creuser à la place connue ; après avoir fait un trou profond d'une archine, je demeurai certain que la montre avait disparu. Quelqu'un l'avait volée.

Qui pouvait avoir fait le coup, sinon David ?
Quel autre savait où était la montre ?

Je refermai le trou et revins à la maison.

Je me sentais profondément blessé. Admettons,
me disais-je, que David ait eu besoin de cette
montre pour empêcher de mourir de faim sa future femme ou le père de celle-ci. Alors, comment
ne pas venir à moi et me dire : « Frère ?... » A la
place de David, j'aurais certainement employé ce
mot... « Frère, j'ai besoin d'argent ; tu n'en as
pas, je le sais. Eh bien, laisse-moi utiliser cette
montre qui ne sert à personne, et que nous avons
enterrée ensemble sous le vieux pommier. Je te
serai si reconnaissant... frère. » Mais agir secrètement, en traître, ne pas se confier à son ami...
Non, aucune passion, aucune nécessité ne peut
l'excuser.

Je le répète, j'étais blessé. Je me mis à montrer de la froideur, à bouder même. Mais David
n'était pas de ceux qui remarquent ces choses-là,
et qui s'en affligent. Je commençai à faire des
allusions ; mais David ne semblait pas les comprendre. J'avais beau dire devant lui combien
me semblait vil et bas l'homme qui, possédant
un ami, et connaissant même toute la valeur de
ce sentiment sacré, l'amitié, n'a pas assez de
grandeur d'âme pour dédaigner la ruse et la dis-

simulation. Comme si l'on pouvait cacher quelque chose !

En prononçant ces derniers mots, je souriais d'un air de mépris. Mais David ne secouait seulement pas l'oreille. Je finis par lui demander directement s'il croyait que la montre enterrée s'était arrêtée aussitôt, ou si elle avait marché encore quelque temps. Il me répondit :

« Quelle drôle de question ! et que veux-tu que ça me fasse ? »

Je ne savais plus que penser. David avait certainement quelque chose sur le cœur : mais ce n'était pas le vol de la montre. Un événement inattendu vint bientôt me prouver son innocence.

XVI.

Je revenais un jour à la maison par une ruelle que j'évitais d'habitude, parce que là demeurait mon ennemi Trankillitatine. Mais, cette fois, le destin lui-même sembla m'y avoir amené. En passant devant la fenêtre fermée d'un petit cabaret, j'entendis tout à coup la voix de notre domestique Vassili, jeune gars bien dégourdi, « grand paresseux et propre à rien », d'après mon père, mais grand conquérant d'âmes féminines, qu'il séduisait par ses saillies, sa danse et son talent sur la guitare à dix cordes.

« Vois un peu ce qu'ils ont inventé, » disait Vassili, que je ne pouvais pas voir, mais que j'entendais très-distinctement. Il était probablement assis près de la fenêtre, avec un camarade quelconque, autour d'un samovar; et, comme il arrive souvent aux gens qui se trouvent dans une chambre bien close, il parlait haut, ne se doutant pas que chaque passant pouvait l'entendre...

« Vois un peu ce qu'ils ont inventé : ils l'ont enterrée dans la terre.

— Par exemple ! murmura une autre voix.

— C'est moi qui te le dis. Ils sont bien drôles, nos petits messieurs, surtout ce Davidko, un véritable Ésope (1). Je me lève, comme ça, au petit jour, je m'approche de la fenêtre, je regarde... et qu'est-ce que je vois ? nos deux pigeonneaux qui traversent le jardin, portant la montre, qui creusent un trou sous un pommier, et qui la fourrent dedans comme si c'eût été un enfant

---

(1) Ce nom, dans la bouche des paysans, veut dire un être absurde et insensé.

nouveau-né. Et ensuite ils ont bien tassé et éga-
lisé le terrain, ma parole d'honneur! comme de
vrais brigands.

— Que le diable les emporte! s'écria le camarade de Vassili. Quand le chien est trop
gras, il devient enragé. Et toi? tu as déterré la
montre?

— Naturellement, je l'ai déterrée. Elle est
maintenant dans mon coffre. Mais il ne faut pas
penser à la faire voir à présent, cette montre;
elle a fait trop de bruit dans la maison. Cette
nuit, Davidko l'avait filoutée sous le matelas de
notre vieille, qui couchait dessus.

— Oh! oh! fit l'autre.

— C'est moi qui te le dis; il est capable de
tout. Voilà pourquoi je ne puis la faire voir. Mais
attends un peu; les officiers de la garnison vont
revenir; je la vendrai à l'un d'eux, ou je la joue-
rai aux cartes. »

Je n'en écoutai pas davantage. Je partis comme
une flèche vers la maison, et tout droit chez
David.

« Frère, commençai-je, ô frère, pardonne-
moi; j'ai été coupable; je t'ai soupçonné, vois
mon émotion, pardonne-moi.

— Qu'as-tu? demanda David; explique-toi.

— Je t'ai accusé d'avoir déterré notre montre.

— Encore cette montre ! Est-ce qu'elle n'y est plus ?

— Non ; et je croyais que tu l'avais prise pour venir en aide à tes amis. Et c'est Vassili... »

Alors je racontai à David tout ce que j'avais entendu sous la fenêtre du cabaret. Mais comment dépeindre mon étonnement ? Certes, je m'étais attendu à une explosion d'indignation de la part de David ; mais il m'avait été impossible de prévoir la rage où il entra dès que j'eus fini mon récit. Lui qui n'avait jamais parlé qu'avec mépris de toute cette ridicule histoire, ce même David qui avait assuré plus d'une fois que cette montre ne valait pas la coquille d'un œuf mangé, il bondit tout à coup de sa place, le visage en feu, les dents serrées, les poings crispés :

« Ça ne se passera pas ainsi, s'écria-t-il ; comment ose-t-il s'approprier une chose qui n'est pas à lui ? Je vais lui montrer que je ne fais pas quartier aux voleurs. »

J'avoue que je n'ai pu comprendre jusqu'à présent ce qui avait mis David dans une telle fureur. Soit qu'il fût déjà irrité et que l'action de Vassili eût versé de l'huile sur le feu, soit que mes soupçons l'eussent blessé, le fait est que je ne l'avais jamais vu dans un pareil état. Je me tenais devant lui bouche béante, stupé-

fait d'entendre cette respiration forte et hale-
tante.

« Quelles sont tes intentions ? dis-je enfin.

— Tu verras ; après dîner, quand le père dor-
mira. Je le trouverai, ce monsieur qui se moque
si bien ; nous causerons ensemble.

— Ah ! pensai-je, je ne voudrais pas être à la
place de ce moqueur. Que va-t-il arriver de tout
ceci ? »

XVII.

Voici ce qui arriva : dès qu'après dîner s'éta-
blit dans la maison ce silence morne qui, pareil
à un vaste lit de plume, s'étend, étouffant et
lourd, sur toute la vie russe vers le milieu de la
journée, David, — je le suivais le cœur tout frémissant, — David se dirigea vers la chambre des
domestiques et appela Vassili. Celui-ci fit quelque difficulté d'obéir, et finit par nous suivre
dans le jardin. David se plaça droit devant sa

poitrine ; Vassili avait toute la tête de plus que lui.

« Vassili Térentieff, commença mon camarade d'un ton ferme, il y a six semaines, de dessous ce pommier que voilà, tu as déterré une montre que nous avions enfouie dans la terre. Tu n'en avais pas le droit, car elle ne t'appartenait pas. Rends-la sur-le-champ. »

Vassili se troubla un instant, mais se remit aussitôt :

« Quelle montre ? que dites-vous là ? que Dieu vous bénisse ! je n'ai aucune montre.

— Je sais ce que je dis. Ne mens pas. Tu as la montre ; rends-la.

— Je n'ai pas de montre. »

J'intervins :

« Et pourtant au cabaret... »

David m'arrêta d'un geste.

« Vassili Térentieff, reprit-il d'une voix sourde et menaçante, nous savons pertinemment que tu as la montre. On te le dit en tout bien tout honneur. Rends-la ; et si tu t'y refuses... »

Vassili sourit avec insolence :

« Eh bien, qu'arrivera-t-il ?

— Ce qui arrivera ? que nous nous battrons nous deux contre toi, jusqu'à ce que nous t'ayons rossé, ou toi nous. »

8.

Vassili partit d'un éclat de rire : ·

« Se battre, se battre avec un serf! oh! ce n'est
pas affaire de seigneurs. »

David empoigna tout à coup Vassili par le devant de sa veste :

« Mais ce n'est pas à coups de poing que nous
nous battrons avec toi. Comprends-moi bien : je
te donnerai un couteau et j'en prendrai un autre,
et nous verrons. »

Et se retournant vers moi :

« Alexis, cours chercher mon grand couteau,
tu sais? celui qui a le manche en os ; tu le trouve-
ras sur notre table, et j'en ai un autre ici dans ma
poche. »

Vassili devint subitement tout blême. David
le tenait toujours par sa veste.

« David Yégoritch, balbutia-t-il, tandis que des
larmes lui venaient aux yeux, que faites-vous là?
Lâchez-moi, de grâce, lâchez-moi.

— Je ne te lâcherai pas. Pour toi, pas de
grâce. Tu t'échapperas aujourd'hui, nous recom-
mencerons demain. Alexis, où donc est le couteau?

— David Yégoritch, hurla Vassili, ne faites
pas de massacre. Quant à la montre, oui, en effet, j'ai plaisanté ; mais je vais vous la rapporter
sur-le-champ. Eh quoi! tantôt c'est à Chrisanthe

Lukitch que vous voulez fendre le ventre, tantôt c'est à moi ! Lâchez-moi, David Yégoritch, daignez reprendre votre montre ; seulement n'en dites rien à papa. »

David lâcha la veste. Je le regardai au visage ; en effet, tout autre que Vassili aurait pu prendre peur, tant il était sinistre, froid et méchant.

Vassili bondit du côté de la maison, et en revint presque aussitôt, la montre à la main. Il la remit en silence à David. Sa figure était encore toute bouleversée. David fit un mouvement sec de la tête, et reprit le chemin de notre chambre. Je le suivis, marchant sur ses talons. Un Souvaroff, un Souvaroff tout craché ! pensai-je, à part moi. A cette époque, vers 1801, Souvaroff était notre héros populaire.

XVIII.

David ferma la porte, posa la montre sur la table, se croisa les bras, et, ô merveille ! partit

d'un éclat de rire. En le voyant, je me mis
à rire aussi.

« Quelle chose étonnante! dit-il enfin; nous ne
pouvons nous débarrasser de cette montre; on la
dirait ensorcelée. D'où m'est venue cette colère
si subite?

— En effet, repris-je; si tu l'avais laissée à
Vassili...

— Oh! pour ça, jamais. Mais qu'en ferons-
nous maintenant?

— Oui, qu'en ferons-nous? »

Nous fixâmes en silence nos regards sur la
montre ornée d'un cordon en perles bleues (le
malheureux Vassili, dans sa grande hâte, n'avait
pas songé à enlever ce cordon qui lui appartenait); elle continuait tranquillement son petit
tic tac inégal, et avançait par saccades son
aiguille en cuivre qui marquait les minutes.

« Si nous l'enterrions de nouveau? proposai-
je enfin; ou bien encore si nous l'offrions au
vieux Latkine?

— Non, répondit David, tout ça ne vaut rien.
Voici ce qu'il faut faire: à la chancellerie du
gouverneur, on vient d'installer une commission
pour recevoir les dons faits aux incendiés de
Kassimoff. Tu sais? la ville de Kassimoff vient de
brûler avec toutes ses églises et tout le bataclan;

et l'on dit que l'on reçoit tout, non-seulement l'argent et le pain, mais encore toutes sortes d'effets. Donnons-leur la montre, hein ?

— Donnons-la, donnons-la, m'écriai-je, c'est une excellente idée. Seulement je supposais, comme la famille de tes amis est dans la gêne...

— Non, non ; à la commission ! les Latkine se passeront d'elle. A la commission !

— Fort bien. Mais je suppose qu'il faut en même temps écrire au gouverneur.

— Tu crois ?

— Oui, mais il faut être bref ; quelques mots suffisent.

— Par exemple ?

— Par exemple, si l'on commençait : « Étant pénétrés... » ou bien encore : « Sous le coup de l'émotion... »

— Émotion, c'est bien.

— Puis, on pourra dire : « Cet humble denier... »

— Denier, c'est bien aussi. Allons, prends la plume, assieds-toi, et vite en besogne.

— Mais il faudrait faire un brouillon.

— Va pour le brouillon ; mais dépêche-toi. En attendant, je frotterai la montre avec de la craie. »

Je pris une feuille de papier et je taillai une plume. Mais je n'avais pas encore eu le temps

d'inscrire en grandes lettres, au haut de la page :
« A son excellence monsieur l'éminent prince »
(nous avions alors pour gouverneur le prince
X...), que je m'arrêtai court, frappé d'un bruit
inaccoutumé qui s'était subitement élevé dans la
maison.

David aussi avait remarqué ce bruit soudain,
et s'était arrêté, tenant la montre dans une main
et un chiffon dans l'autre. Nous échangeâmes un
regard.

« D'où vient ce cri perçant ?

— C'est la tante qui piaille.

— Et celui-ci ?

— C'est la voix du père, tout enrouée de fureur.

— La montre ! la montre ! » hurle une autre
voix, celle de Trankillitatine.

Des bruits de pas retentissent ; le plancher résonne sous des pieds nombreux, une foule entière se précipite vers nous. Je me sens à demi
mort d'effroi ; David aussi est pâle comme un
linge ; mais ses yeux restent hardis comme ceux
d'un aigle.

« Ce gredin de Vassili nous a trahis, » mur-
mure-t-il entre ses dents.

Et voilà que la porte s'ouvre à deux battants ;
le père, en robe de chambre et sans cravate ; la
tante, en camisole à poudre ; Trankillitatine,

Vassili, Youchka, un autre petit Cosaque, le cuisinier Agapit, tous font irruption dans la chambre.

« Canailles, crie le père tout pantelant, nous vous tenons enfin ! »

Et en apercevant la montre dans la main de David :

« Ici, cette montre ! »

Mais David, sans dire un mot, bondit vers la fenêtre ouverte, saute dans la cour et gagne la rue. Pour moi, habitué à suivre en tout mon modèle, je saute aussi et m'élance sur ses traces.

« Arrêtez-les ! arrêtez-les ! » crient derrière nous des voix sauvages et confuses.

Mais nous courons à toutes jambes, David en avant, moi à quelques pas de lui, et derrière nous tout le vacarme de la poursuite.

XIX.

Bien des années se sont écoulées depuis ces événements ; j'y ai souvent réfléchi, et je ne puis encore comprendre les causes de la fureur qui s'était emparée de mon père, lequel venait tout récemment de défendre que l'on fît aucune mention de la montre devant lui, non plus que de la colère de David à la nouvelle du vol fait par Vassili. On eût dit vraiment que cette montre possédait une force mystérieuse. Vassili ne nous avait pas trahis, comme le supposa David ; il avait eu trop peur. Mais, tout bonnement, une des servantes avait aperçu la montre aux mains de Vassili et en avait informé ma tante. Aussitôt la mine avait éclaté.

Ainsi donc nous voilà courant à toutes jambes au beau milieu de la rue. Les passants que nous rencontrions s'arrêtaient ou se rangeaient avec étonnement. Je me rappelle qu'un major en retraite, un Nemrod connu, apparut tout à coup à sa fenêtre, et, le visage cramoisi, le corps penché en dehors, il se mit à crier comme aux chasses du loup : « Oululu, oululu ! » Les cris de « arrêtez-les ! » continuaient à retentir à nos trousses. David courait en faisant tournoyer la montre au-dessus de sa tête et sautait de temps en temps ; moi aussi je sautais, et aux mêmes endroits que lui.

« Où vas-tu ? criai-je à David, qui venait de tourner de la rue dans une ruelle, et tournant derrière lui.

— A l'Oka, dit-il ; à l'eau, la montre, à la rivière, au diable !

— Au voleur ! » hurle-t-on derrière nous. Mais déjà nous nous sommes précipités dans la ruelle.

Un petit souffle frais nous frappe au visage, et la rivière est devant nous, et la berge boueuse et rapide, et le pont en bois avec une longue file de *télégas* et un factionnaire, la pique à la main, devant la barrière (à cette époque, les soldats en garnison étaient armés de piques). David est déjà sur le pont ; il passe comme une flèche devant le factionnaire qui tâche de le frapper avec sa pique dans les jambes, et perce un veau qui passait.

David bondit sur le parapet du pont ; il pousse un cri de joie ; quelque chose de blanc, quelque chose de bleu traverse l'air. C'est la montre d'argent qui, avec le cordon en perles de Vassili, est précipitée dans les flots. Mais, alors, il se passe quelque chose d'invraisemblable : à la suite de la montre, on voit les jambes de David lancées en l'air, et lui-même, la tête en bas, les bras en avant, les pans de sa veste écartés, décrit une courbe, disparaît derrière le parapet, et, pouf ! on entend le lourd clapotement de l'eau qui jaillit. Ainsi, par un jour d'été, une grenouille

9

effrayée saute du rivage élevé dans l'eau immobile de l'étang.

Je suis absolument hors d'état de décrire ce
qui m'advint alors. J'étais à quelques pas de
David, quand il fit son saut dans la rivière; je ne
me souviens pas d'avoir poussé un cri, je n'eus
pas le temps d'avoir peur. Je restai pétrifié, stupide. Les bras, les jambes me manquèrent. Autour de moi couraient, se pressaient des gens,
dont quelques-uns me semblaient avoir un visage
connu. Trofimitch surgit subitement devant moi;
le soldat à la pique se mit à courir; les chevaux
des *télégas* passaient précipitamment en redres-
sant leurs têtes attachées par des cordes; puis,
tout devint vert; il me sembla recevoir un grand
coup dans la nuque et tout le long du dos. J'étais
tombé évanoui.

Enfin je me relevai, et, voyant que personne
ne faisait attention à moi, je m'approchai du
parapet, mais non du côté où David avait sauté.
Il me semblait terrible de regarder de ce côté-là,
et j'allai à l'autre. Je contemplais la rivière,
enflée et d'un bleu glauque, quand tout à coup,
non loin du pont, et près de la rive, j'aperçus un
bateau amarré, et dans le bateau plusieurs
hommes, dont l'un, tout mouillé et brillant au
soleil, tirait en se penchant quelque chose de

l'eau ; quelque chose de pas trop grand, allongé et sombre, que je pris d'abord pour une valise ou un panier. Ce n'est qu'en regardant avec plus d'attention que je reconnus que cet objet était le corps de David.

Un grand frisson me secoua, je jetai un cri perçant, et, me faisant jour à travers la foule, je courus vers le bateau. Mais, presque arrivé, je fus pris de peur, et me mis à regarder autour de moi. Parmi les gens qui entouraient le bateau, je reconnus Trankillitatine, le cuisinier Agapit avec une botte à la main, Youchka, Vassili... L'homme mouillé qui brillait au soleil tira hors du bateau, et par les aisselles, le corps de David, dont les deux mains s'élevaient à la hauteur du visage, comme s'il avait voulu se défendre contre les regards étrangers, et il le déposa sur la boue du rivage.

David ne bougeait pas ; les talons serrés, la poitrine en avant, il se tenait tout raide comme un soldat sous les armes. Son visage était verdâtre, ses yeux montraient leur blanc, l'eau dégouttait de sa tête. L'homme mouillé qui l'avait tiré de l'eau, ouvrier de fabrique d'après ses vêtements, se mit à raconter, tout grelottant de froid et rejetant sans cesse les mèches de ses cheveux, comment il s'y était pris. Il parlait avec soin et en termes recherchés : « Je vois, messieurs, dit-il, quelle est cette aventure. Voici que ce jeune homme se précipite du haut de la rampe. Bon ! aussitôt je me dirige en suivant le cours du fleuve, car, sachant qu'il s'était englouti au plus fort du courant, je me dis en moi-même : Si tu dépasses de beaucoup le pont, alors bonsoir, adieu ; il n'y aura plus qu'à dire : Comment t'es-tu nommé ? Je regarde ; un petit bonnet surnage ; mais c'est sa tête, me dis-je. Alors moi, crac ! je saute à l'eau et je l'empoigne. Pour le reste, il ne s'agissait plus d'être un grand savant. »

Quelques paroles d'approbation se firent entendre dans la foule :

« Il faut te réchauffer, dit quelqu'un ; allons, viens, buvons un coup. »

En ce moment accourt un homme faisant des gestes de désespéré. C'est Vassili.

« Que faites-vous là, chrétiens orthodoxes ? dit-il d'une voix larmoyante ; il faut le faire revenir à lui ; c'est notre petit seigneur.

— Oui, faisons-le revenir, crie-t-on dans la foule qui augmente de minute en minute.

— Qu'on le pende par les pieds ; c'est le meilleur moyen.

— Non, le ventre sur un tonneau, et qu'on le roule en avant, en arrière.

— Camarades, prenez-le.

— Que personne n'y touche, commande le soldat à la pique. Avant tout, il faut le traîner au corps de garde.

— Canailles! retentit de je ne sais où la basse enrouée de Trofimitch.

— Mais il est vivant! criai-je à tue-tête et presque avec terreur. J'avais approché mon visage du sien, et je me disais : «Voilà donc comme sont les noyés!» Et je sentais mon âme défaillir. Tout à coup les lèvres de David eurent une légère contraction, et il en jaillit un peu d'eau. Aussitôt je fus repoussé, mis de côté; tous se précipitèrent sur lui :

— Suspendez-le, roulez-le, disaient des voix.

— Non, arrêtez, s'écria Vassili; portons-le à la maison.

— A la maison, répéta Trankillitatine lui-même.

— En un tour de main il y sera, reprit Vassili; là, on verra ce qu'il faut faire. (A partir de ce jour-là, je me mis à aimer Vassili.) Mais, frères, n'avez-vous pas une natte? Sinon, qu'on le prenne par la tête, par les jambes.

— Attends, voici une natte. Couche-le dessus, soulève-le. En avant, maintenant. Oh! le voici qui part comme dans un carrosse...»

9.

Et, quelques moments après, David, couché sur la natte, rentrait majestueusement sous le toit de notre maison.

XX.

On le déshabilla, on le posa sur son lit ; déjà, dans la rue, il avait commencé à donner des signes de vie, à murmurer quelques mots, à remuer les bras. Une fois dans la chambre, il revint à lui tout à fait. Mais dès que toute appréhension pour sa vie eut cessé, dès qu'on n'eut plus à lui donner des soins, l'indignation reprit ses droits. Tous s'éloignèrent de lui comme d'un lépreux.

« Que Dieu le punisse, ce diable roux ! criait la tante dans toute la maison. Débarrassez-vous de lui, Porfiri Pétrovitch, ou bien il vous amènera de tels malheurs que jamais vous ne vous en dépêtrerez.

— C'est un basilic, un vrai basilic, un basilic enragé, répétait Trankillitatine.

— Et voyez quelle méchanceté! ajoutait la tante en se rapprochant de la porte pour que David ne pût manquer de l'entendre. Il commence par voler la montre, puis il la jette à l'eau pour que personne n'en puisse profiter. Rougeaud, rougeaud maudit! »

Tous étaient indignés.

« David, lui demandai-je, dès que nous fûmes restés seuls, pourquoi as-tu fait cela ?

— Toi aussi ! répondit-il d'une voix encore faible ; ses lèvres étaient bleuâtres et son visage paraissait gonflé. Qu'est-ce que j'ai donc fait ?

— Mais pourquoi t'es-tu jeté dans l'eau ?

— Jeté dans l'eau ! Je n'ai pas pu me retenir sur le parapet. Voilà tout. Ah ! si j'avais su nager... j'aurais bien sauté exprès. Sois tranquille, j'apprendrai sans faute à nager. Quant à la montre, elle est bien au diable cette fois. »

Mais ici mon père entra dans notre chambre d'un pas solennel.

« Toi, mon petit ami, dit-il en s'adressant à moi, je te fouetterai d'importance, sois-en sûr, bien que dès longtemps tu portes les culottes. »

Puis il s'avança vers le lit de David :

« En Sibérie, commença-t-il d'un ton grave et pénétré, en Sibérie, monsieur, aux travaux forcés, dans les mines, vivent et meurent des gens qui sont moins coupables et moins criminels que vous. Êtes-vous un assassin, un meurtrier ou bien un voleur, ou tout bonnement un imbécile? Dites-le-moi, de grâce.

— Je ne suis ni meurtrier ni voleur, répondit David; mais ce qui est vrai est vrai : on envoie en Sibérie des gens qui valent mieux que vous et moi. Qui peut le savoir mieux que vous ? »

Mon père jeta une exclamation sourde, recula d'un pas, regarda fixement David, cracha par terre et, faisant lentement un signe de croix, sortit de la chambre.

« Hein! ça ne te plaît pas, ça ? » dit David en lui tirant la langue quand il eut tourné le dos.

Ensuite il essaya de se lever, mais ne put en venir à bout, et retomba sur son lit :

« J'ai dû me faire mal, dit-il avec un léger gémissement, car l'eau, je m'en souviens, m'a poussé contre un pilier. As-tu vu Raïssa? ajouta-t-il tout à coup.

— Non, je ne l'ai pas vue... attends un peu. Je me rappelle... N'est-ce pas elle qui se tenait sur le rivage, près du pont, avec une robe noire, un mouchoir jaune sur la tête ?...

— L'as-tu vue ensuite ?

— Ensuite ? je ne sais pas. J'avais autre chose

à quoi penser. Tu venais de sauter dans l'eau...»

David se redressa brusquement :

« Ah! mon cher ami, mon bon Aleucha, cours chez elle; dis-lui que je suis bien portant, qu'il ne m'est rien arrivé, que j'irai les voir demain. Va vite, frère, de grâce. »

David me tendit les deux mains. Ses cheveux roux, presque séchés, se dressaient en l'air en mèches grotesques; mais l'expression attendrie de son visage n'en paraissait que plus sincère. Je saisis mon bonnet, et sortis de la maison, en prenant soin de n'être pas vu de mon père et de ne pas lui rappeler la promesse qu'il m'avait faite.

XXI.

« En effet, pensai-je en allant chez Latkine; comment n'ai-je pas remarqué Raïssa? Qu'est-elle devenue? Elle a dû pourtant voir... » Et tout à coup je me rappelai qu'à la chute de David, un cri déchirant avait retenti. « N'était-ce pas elle?

Alors, comment ne l'ai-je plus revue ensuite ?»

Devant la masure habitée par Latkine, s'étendait un large endroit vague, où croissait l'ortie
et qu'entourait une clôture à demi détruite. A
peine eus-je franchi cette clôture, car on ne
voyait de porte nulle part, qu'un spectacle
étrange s'offrit à mes yeux. Sur la dernière marche du perron en ruine qui menait à la masure,
était assise Raïssa, accroupie, les coudes sur ses
genoux et le menton sur ses doigts entre-croisés.
Elle regardait fixement devant elle. Sa petite
sœur muette, debout à côté, faisait tranquillement claquer un petit fouet, tandis que, devant
le perron et me tournant le dos, en camisole
râpée et salie, en caleçon, avec des bottes de feutre aux pieds, agitant ses coudes et tordant son
échine, le vieux Latkine sautillait par soubresauts. En entendant le bruit de mes pas, il se
retourna tout d'une pièce, se rasa par terre, et,
bondissant sur moi, se mit à parler avec volubi-
lité, d'une voix toute tremblante, et mêlant à
tous ses mots des *tchous tchous* répétés.

Je restai stupéfait. Depuis longtemps je ne
l'avais vu, et certes je ne l'aurais pas reconnu si
je l'eusse rencontré partout ailleurs. Ce visage
rouge, ridé, édenté, ces petits yeux ronds et
ternes, ces cheveux gris ébouriffés, ces convul-

sions, ces soubresauts, ce bégaiement, ce parler
dénué de sens... qu'est-ce que tout cela ? quel
désespoir surhumain torture cet être infortuné ?
quelle est cette danse de la mort ?

« *Tchou, tchou*, balbutiait-il sans cesse de se
tordre ; la voilà, Vassilievna ; elle vient de rentrer à l'instant... comme une auge qui lui tombe
sur le couvercle... » et il se frappait de la main
le sommet de la tête, « et la voilà assise comme
une bêche... et elle est louche, louche comme
Andrucha, elle est louche, la Vassilievna... (Il
voulait dire sans doute : muette comme la petite
sœur.) Les voilà toutes les deux maintenant de la
même croûte... Admirez, chrétiens orthodoxes ;
quant à moi, je n'ai plus maintenant que ces deux
pauvres petits bateaux. »

Latkine avait évidemment la conscience qu'il
parlait à contre-sens ; il faisait tous ses efforts
pour m'expliquer ce qu'il voulait me faire savoir.
Raïssa semblait ne pas entendre ce que disait son
père, et la petite sœur continuait à faire claquer
son fouet.

« Adieu, joaillier, adieu, adieu, » dit Latkine
lentement, avec de profonds saluts, comme enchanté d'avoir enfin trouvé un mot intelligible.

Je sentais que la tête me tournait.

« Que signifie tout cela ? demandai-je à une

vieille qui venait de se montrer à l'une des fenêtres de la baraque.

— Voici ce que c'est, mon petit père, dit-elle
d'une voix traînante. On dit qu'un homme... qui
est-il? Dieu le sait, a commencé à se noyer, et
elle l'a vu. S'est-elle effrayée? On ne sait pas.
Elle est rentrée; on ne lui voyait rien. Mais dès
qu'elle s'est assise sur le perron, la voilà qui reste
là comme une idole, soit qu'on lui parle, soit
qu'on ne lui parle pas. Elle deviendra muette
aussi, celle-là! O Seigneur, quel malheur!

— Adieu, adieu, » répétait cependant Latkine
avec les mêmes saluts.

Je m'approchai de Raïssa et me plaçai droit
devant elle.

« Ma petite Raïssa, criai-je, qu'as-tu donc? »

Elle ne répondit rien et semblait ne pas m'a-
percevoir. Son visage n'avait pas changé ni
pâli, il était devenu comme de pierre, et son
expression était celle d'une personne qui va s'endormir.

« Mais elle est louche, louche, » me murmurait Latkine à l'oreille.

Je saisis Raïssa par la main : « David est vivant! lui criai-je de toute ma force; il est vivant
et bien portant. David est vivant, comprends-
tu? on l'a tiré de l'eau; il est maintenant à la

maison; il te fait dire que demain il viendra te voir; il est vivant. »

Lentement, péniblement, Raïssa leva les yeux sur moi; elle cligna des paupières plusieurs fois, en ouvrant toujours les yeux de plus en plus; puis elle pencha sa tête sur l'épaule, devint peu à peu toute cramoisie; ses lèvres se rouvrirent, elle aspira l'air à pleine poitrine, fit une grimace de douleur, et ayant prononcé avec un terrible effort : « Dav... viv... » elle se leva d'un bond et se jeta en avant.

« Où vas-tu ? » m'écriai-je.

Mais, chancelante et poussant des rires entre-coupés, elle avait déjà traversé la cour. Naturellement, je me lançai sur ses traces, tandis que, derrière moi, s'élevait à la fois le double hurlement de l'enfant et du vieillard.

Raïssa courait droit à notre maison.

En voilà une journée! pensai-je, tout en m'efforçant de ne pas rester trop en arrière de la petite robe noire que je voyais fuir devant moi.

XXII.

Passant devant ma tante, devant Vassili et Trankillitatine, Raïssa, toujours courant, entra dans la chambre de David et se jeta sur sa poitrine :

« Oh ! oh ! petit David ! » fit entendre sa faible voix à travers ses cheveux épars.

David ouvrit les bras tout grands, et, après l'y avoir serrée, il pressa sa tête contre celle de Raïssa :

« Pardonne-moi, mon cœur ! » dit-il à son tour ; et tous deux restèrent immobiles.

« Pourquoi es-tu retournée à ta maison, Raïssa ? lui disais-je. Pourquoi n'es-tu pas restée ? Tu aurais vu qu'on l'a sauvé. »

Elle ne relevait toujours pas la tête.

« Ah ! je ne sais pas, dit-elle enfin ; ne me demandez rien ; je ne sais pas comment je me suis retrouvée à la maison. Je ne me souviens que d'une chose : je le vois en l'air ; alors je reçus un fameux coup !

— Un fameux coup ! » répéta David ; et tous

trois nous nous mîmes à rire en même temps.
Nous nous sentions si heureux !

« Mais qu'est-ce que tout cela, à la fin ? » fit retentir soudain derrière nous une voix terrible, la
voix de mon père. Il se tenait sur le seuil de la
porte. « Toutes ces folies vont-elles finir ? Où vi-
vons-nous ? Dans l'empire de Russie ou dans la
République française ? »

Il entra :

« Celui qui veut se révolter et faire acte
d'immoralité, qu'il aille en France ! Et toi, comment as-tu osé pénétrer ici ? » ajouta-t-il en se
tournant vers Raïssa, qui, s'étant soulevée et
tournée vers lui, était visiblement prise de peur,
et pourtant conservait sur son visage je ne sais
quel sourire heureux et caressant. « Fille de mon
ennemi mortel, comment as-tu l'audace ?... Et
voilà qu'elle ose encore l'embrasser !... Hors d'ici
sur-le-champ, ou sinon...

— Mon oncle, interrompit David en se levant
sur son séant, n'insultez pas Raïssa ; elle s'en ira
d'elle-même, mais ne l'insultez pas.

— Vas-tu me faire la leçon, à présent ? Je ne
l'insulte pas, je la chasse. Toi aussi, tu auras à
me rendre compte. Tu as détruit une propriété
qui n'est pas la tienne ; tu as attenté à ta vie ; tu
m'as induit en dépenses...

— Quelles dépenses ?

— Quelles dépenses ! Tu as gâté tes habits ; comptes-tu cela pour rien ? Et le pourboire que j'ai donné aux gens qui t'ont rapporté?... Il a troublé toute la famille, et il fait encore le fanfaron ! Quant à cette péronnelle, puisque, oubliant toute pudeur et l'honneur même... »

David fit mine de s'élancer de son lit :

« Ne l'insultez pas, vous dis-je.

— Tais-toi !

— N'osez pas...

— Tais-toi !

— N'osez pas couvrir d'opprobre ma fiancée, ma future femme.

— Fiancée ! fiancée... et femme ! oh ! oh !

— Ah ! ah ! fit en écho ma tante derrière la porte.

— Quel âge as-tu donc ? reprit mon père. A peine est-il au monde depuis quelques semaines, et le lait n'a pas encore séché sur ses lèvres... et il veut se marier... Et moi... Et toi...

— Laissez-moi partir, dit Raïssa en se dirigeant vers la porte. Elle était devenue blême.

— Ce n'est pas à vous que j'en demanderai la permission, continua David en criant, et s'appuyant sur ses deux poings fermés. C'est à mon père, à mon propre père, qui doit arriver d'un jour à l'autre. C'est lui qui a le droit de me commander, pas vous. Et quant à mon âge, Raïssa et moi nous saurons bien attendre, quoi que vous disiez.

— Davidko, s'écria mon père, reviens à toi. Si tu te voyais... Tu as perdu tout sentiment des convenances..

— Quoi que vous disiez... répétait David hors de lui, en ramenant sa chemise sur sa poitrine.

— Mais fermez-lui donc la bouche, Porfiri Pétrovitch, glapissait ma tante derrière la porte. Et quant à cette coureuse... à cette vilaine... »

Mais en ce moment quelque chose d'inattendu coupa court à l'éloquence de ma tante. Elle se tut brusquement, et, à la place de sa voix, une autre voix se fit entendre, celle d'un vieillard, faible et enrouée :

« Frère, disait-elle, âme de chrétien... »

XXIII.

Tous, nous nous retournâmes. Devant nous, dans le même costume où je venais de le voir, semblable à un fantôme, maigre, pitoyable, se tenait Latkine.

« Et Dieu... continua-t-il d'un ton presque enfantin, en levant au-dessus de sa tête un doigt tremblant, et considérant mon père de la tête aux pieds d'un regard inerte, Dieu a puni. Et moi, je viens chercher Vassi... Non, non, Raïssa, ma petite Raïssa. A moi, que me faut-il? la terre bientôt; et puis, comment dit-on cela? un petit bâton et un autre en travers. Voilà tout ce qu'il me faut. Et toi, frère joaillier, regarde, moi aussi je suis un homme. »

Raïssa traversa la chambre en silence, et, prenant son père sous le bras, rajusta sa camisole débraillée.

« Viens, Vassilievna, dit-il, viens; ici, il n'y a ici que des saints; ne va pas chez eux. Et celui-là,

qui est là dans son fourreau, — désignant David,
— c'est aussi un saint. Quant à nous, mon garçon, nous sommes des pécheurs. Allons, adieu,
messieurs, excusez le petit vieux avec son poivre.
Nous avons volé ensemble, cria-t-il tout à coup ;
nous avons volé le prochain, nous avons volé ensemble ! » répétait-il avec une vraie jubilation ; sa
langue enfin lui avait obéi. Tous, dans la
chambre, nous nous taisions.

« Où avez-vous la sainte image ? dit-il en renversant la tête en arrière, et le regard flottant ; il
faut se nettoyer. »

Il se mit en prière dans la direction d'un coin de
la chambre, en faisant de grands signes de croix
d'un air attendri, et se frappant plusieurs fois
de suite de ses doigts fermés le front et les épaules, tandis que ses lèvres répétaient précipitamment : « Aie pitié de moi, seign... de moi,
seign... » Mon père, qui ne l'avait pas quitté des
yeux depuis qu'il était entré, et n'avait pas pro-
féré une seule parole, alla se ranger à côté de lui,
et se mit également à faire des signes de croix.
Ensuite, il se retourna vers Latkine, lui fit un salut si profond qu'il toucha la terre d'une main,
et, après lui avoir dit : « Pardonne-moi, toi aussi,
Martinien Gavrilitch, » il l'embrassa respec-
tueusement sur l'épaule. Latkine, pour réponse,

donna un baiser en l'air, en clignotant des yeux. Sans doute il ne comprenait pas bien clairement le sens de ce qui se passait. Puis mon père se retourna vers nous tous, les assistants :

« Faites ce que vous voulez, dit-il d'une voix triste et basse, agissez comme vous l'entendrez. »

Et il quitta la chambre.

« Pitié de moi, seign... répétait Latkine, je suis un homme.

— Adieu, mon David, » dit alors Raïssa, et, emmenant le vieillard, elle sortit avec lui.

« J'irai vous voir demain ! » cria David.

Et, tournant son visage contre le mur, il ajouta :

« Oh ! que je suis fatigué ! Il fera bon dormir. »

Et il resta sans mouvement.

De longtemps je ne quittai notre chambre, car je ne pouvais oublier les menaces de mon père ; mais mes craintes étaient bien vaines ; il me rencontra et ne proféra pas une seule parole. Il semblait mal à son aise, rêveur, ébranlé. Du reste, la nuit vint bientôt, et tout s'apaisa dans la maison.

XXIV.

Le lendemain matin, David se leva comme si rien ne fût arrivé, et, peu de temps après, pendant un seul et même jour, s'accomplirent deux graves événements. Dans la matinée, le vieux Latkine mourut, et, dans la soirée, le père de David arriva à Riazan. Sans avoir envoyé une seule lettre d'avis, sans avoir averti personne, il nous tomba sur la tête comme la neige. Mon père en fut tout bouleversé ; il ne savait vraiment qu'offrir à son « cher hôte », où le faire asseoir ; il allait de çà et de là comme un homme ivre ; il avait les empressements de quelqu'un qui se sent coupable. Mais ce zèle inquiet, remuant de son frère, semblait toucher assez peu mon oncle. Il ne cessait de répéter :

« A quoi bon tout cela ? je n'ai besoin de rien. »

Quant à ma tante, il se montrait encore plus froid à son égard. Du reste, ma tante aussi ne l'aimait guère ; pour elle, il était un hérétique, un athée, un voltairien. (Et, en effet, mon oncle avait appris le français dans sa jeunesse, uniquement afin de pouvoir lire Voltaire en original.) Je le trouvai tel que me l'avait dépeint David. C'était un homme gros et lourd, avec un large visage marqué de la petite vérole, toujours grave et sérieux. Il portait constamment un chapeau à trois cornes, de longues manchettes, un jabot et un habit à la française couleur de cannelle, avec une épée en acier pendue à son flanc. La joie de David en le revoyant fut indicible; son visage s'embellit; ses yeux devinrent clairs et radieux; mais il s'efforçait de dissimuler un peu sa joie, de ne pas trop la laisser éclater en paroles; il aurait craint de montrer une certaine petitesse d'âme.

Dès la première nuit après l'arrivée de mon oncle Yégor, le père et le fils s'enfermèrent dans la chambre qu'on lui avait destinée, et longtemps ils causèrent à voix basse. Dès le lendemain, je pus remarquer que mon oncle regardait son fils d'un air singulièrement affable et confiant; il semblait fort content de lui. David le conduisit à la messe de mort dite chez Latkine. J'y allai aussi; mon père ne s'y opposa point, mais il resta lui-même à la maison.

Raïssa me frappa par son calme; elle avait

beaucoup maigri et pâli ; mais elle ne versait pas
de larmes ; elle se tenait et parlait avec simplicité.
Malgré cela, et bien qu'il semble étrange de le
dire, je lui trouvai une certaine majesté, la majesté involontaire de la douleur qui s'oublie elle-
même. L'oncle Yégor fit sa connaissance sur le
perron de l'église. A la façon dont il la traitait, il
était facile de voir que David lui en avait déjà
parlé.

Elle lui plut, pas moins que son propre fils.
C'est ce que je pus lire dans les regards de David
lorsqu'il les portait de l'un à l'autre. Je me souviens comme ses yeux brillèrent lorsque son père
dit en parlant d'elle :

« C'est une fille sage ; elle fera une bonne ménagère. »

Chez Latkine, on m'avait raconté que le vieillard s'était éteint doucement comme une chandelle qui a brûlé jusqu'au bout et qu'aussi longtemps qu'il n'avait pas perdu toute connaissance,
il n'avait cessé de passer la main sur les cheveux
de sa fille, en souriant et en murmurant des paroles pas intelligibles, mais pas tristes. Mon père
alla à l'enterrement, jusqu'à l'église et même
jusqu'au cimetière, où il pria avec beaucoup de
ferveur.

Trankillitatine lui-même unit sa voix de basse à

celles des chantres. Devant la fosse ouverte, Raïssa jeta tout à coup un grand sanglot, et tomba la
face contre terre. Mais elle revint bientôt à elle.
Sa petite sœur, la muette, promenait alternati-
vement sur nous tous ses grands yeux clairs et
un peu farouches. De temps en temps, elle se
pressait contre la jupe de Raïssa, mais sans paraître trop effrayée. Dès le lendemain de l'enterrement, l'oncle Yégor, — qui, d'après les appa-
rences, n'était pas revenu de Sibérie les mains
vides, car il avait payé les frais du convoi et largement récompensé le sauveur de David, mais
qui ne soufflait mot, ni de sa vie en exil, ni de ses
plans d'avenir, — l'oncle Yégor déclara tout à
coup à mon père qu'il n'avait pas l'intention de
rester à Riazan, et qu'il allait partir pour Moscou
avec son fils. Mon père, par convenance, en témoigna du chagrin, et essaya même, bien que
faiblement, de lui faire changer de résolution;
mais, au fond de son âme, il en fut, j'imagine,
très-satisfait. La présence d'un frère avec lequel
il avait trop peu de points de contact, qui ne dai-
gnait même pas lui faire de reproches, l'oppres-
sait visiblement; il ne pouvait pas non plus regretter le départ de David. Quant à moi, je puis
dire que cette séparation m'accabla, m'annihila;
dans les premiers temps, je me sentis orphelin;

j'avais perdu tout soutien dans la vie, et jusqu'au désir de vivre.

Mon oncle partit donc; il emmena non-seulement David, mais encore, à l'étonnement et à l'indignation de toute notre rue, Raïssa et sa petite sœur. En apprenant l'action qu'il venait de commettre, ma tante l'appela Turc aussitôt, et ne cessa de l'appeler Turc jusqu'à la fin de sa vie; moi, je restai seul, seul... Mais il ne s'agit pas de moi.

XXV.

Voilà toute mon histoire de la montre. Que vous dire encore? Cinq ans plus tard, David épousa sa « Lèvre noire », et en 1812, étant sous-lieutenant d'artillerie, il périt glorieusement à la bataille de la Moskova, en défendant la redoute de Chevardino.

Beaucoup d'eau, depuis ce temps, a coulé sous le pont, et j'ai eu beaucoup de montres. Je suis même arrivé à me payer le luxe d'une vraie montre de Bréguet, avec aiguille à secondes et

11

répétition. Mais, dans un tiroir secret de mon bureau, je conserve une vieille montre d'argent, avec une rose peinte sur le cadran. Je l'ai achetée d'un juif colporteur, frappé de sa ressemblance avec celle que mon parrain m'avait donnée en cadeau. De temps en temps, quand je suis seul et que je n'attends personne, je la tire de sa cachette, et, en la regardant, je me souviens de ma jeunesse et du camarade de ces années disparues sans retour.

ÇA FAIT DU BRUIT

FRAGMENT INÉDIT DES RÉCITS D'UN CHASSEUR

« Ce que j'ai à vous faire savoir, barine, dit
Yermolaï en entrant dans mon *izba* (je m'étais
étendu, après dîner, sur mon lit de camp, pour
me reposer d'une chasse heureuse, mais fatigante,
aux coqs de bruyère, faite au mois de juillet par
une chaleur étouffante), ce que j'ai à vous faire
savoir, c'est que nous n'avons plus de plomb. »

Je sautai de mon lit :

« Comment, plus de plomb ? Nous en avions
emporté près de trente livres, tout un grand sac.

— C'est vrai, le sac était grand, il y avait du
plomb pour quinze jours ; mais qui peut tout
prévoir ? Un trou, peut-être, s'est fait au fond,
ou bien autre chose ; mais le fait est qu'il n'y a
plus de plomb, à peine pour dix coups.

— Que ferons-nous donc ? Nous n'avons pas
encore entamé les meilleurs endroits. On nous

promet pour demain au moins six compagnies.

— Eh bien, envoyez-moi à Toula. Ce n'est pas loin d'ici, quarante verstes en tout. J'irai et reviendrai comme un éclair ; et je vous apporterai du plomb ; si vous voulez, un *poud* tout entier (1).

— Mais quand iras-tu ?

— A l'instant même. Pourquoi attendre ? Seulement, il faudra louer des chevaux.

— Comment, louer ? et les nôtres ?

— On ne peut pas se servir des nôtres. Le cheval de brancard boite que c'est une horreur.

— Depuis quand ?

— Depuis tantôt. Le cocher l'a mené à la forge et il l'a ramené boiteux. Le maréchal ferrant était sans doute un âne. Maintenant, il ne peut pas même poser le pied de devant par terre ; il le tient comme un chien à l'arrêt.

— L'a-t-on du moins déferré ?

— Non pas, mais il le faudra sans doute, car le clou lui est entré dans la chair. »

Je fis appeler le cocher. Il se trouva que Yermolaï avait dit vrai. Je fis déferrer le cheval et donnai l'ordre qu'on lui plaçât le pied sur de la terre glaise humide.

(1) 40 livres.

« Eh bien, faut-il louer des chevaux pour aller à Toula ? fit de nouveau Yermolaï.

— Mais sera-t-il possible de trouver des chevaux dans un pareil trou ? » m'écriai-je avec dépit.

Le village où nous avions séjourné était des plus misérables. Ses habitants semblaient tous des meurt-de-faim. C'est à grand'peine que nous avions trouvé une *izba,* non pas blanche, c'est-à-dire ayant une cheminée pour que la fumée s'en échappe, mais du moins assez grande pour nous loger.

« C'est possible, répondit Yermolaï avec son flegme accoutumé. Vous jugez bien ce village ; et pourtant c'est ici qu'a vécu un paysan bien riche et bien capable : il avait neuf chevaux. Il est mort maintenant, et c'est le fils aîné qui mène tout. Ce fils est bête parmi les bêtes ; mais il n'a pas encore eu le temps de décrocher tous les biens du père. Nous trouverons des chevaux chez lui. Voulez-vous que je vous l'amène ? Il a des frères qui sont de fameux lurons ; et pourtant c'est lui qui est leur tête.

— Pourquoi donc ?

— Parce qu'il est l'aîné. Si tu es le plus jeune, soumets-toi... »

Ici, Yermolaï plaça une expression très-énergique, mais qui ne peut s'écrire.

11.

« Je l'amènerai. C'est un innocent. On peut le
retourner comme on veut. »

Pendant qu'Yermolaï allait chercher l'innocent, je me demandai à moi-même si je ne ferais
pas mieux d'aller à Toula. D'abord, averti par
l'expérience, je n'avais en Yermolaï qu'une confiance fort médiocre. Une fois, je l'avais envoyé
à la ville pour faire des emplettes ; il m'avait juré
qu'il ferait toutes mes commissions dans la journée. Il ne revint de huit jours, après avoir bu
tout mon argent au cabaret, et à pied, alors qu'il
était parti dans un *drochki*. Ensuite, je connaissais un maquignon à Toula, et je pensais pouvoir
lui acheter un cheval pour remplacer celui du
brancard.

« C'est décidé, me dis-je à moi-même, d'autant
plus que je pourrai dormir en route, car mon
tarantass ne secoue pas trop les entrailles.

— Le voilà ! » s'écria, un quart d'heure après,
Yermolaï qui entrait bruyamment dans l'izba. Il
était suivi par un paysan de haute taille, vêtu
d'une chemise blanche, de larges pantalons en
toile bleue et de *laptis* (souliers en écorce de
bouleau). Sa barbiche rousse en pointe, ses yeux
endormis, son nez gros et mou, sa bouche entr'ouverte, lui donnaient, en effet, l'air d'un innocent.

« Il a les chevaux, dit Yermolaï, et il consent à tout.

— C'est-à-dire... dit le paysan d'une voix enrouée et hésitante, en rejetant ses cheveux en arrière et en faisant glisser ses doigts sur le bord du bonnet qu'il tenait devant sa poitrine, moi... c'est-à-dire...

— Comment te nommes-tu ? » lui demandai-je.

Le paysan baissa les yeux et sembla rêver.

« Comment je me nomme ?

— Oui, quel est ton nom ?

— J'ai un nom... Je m'appelle Filofeï (1).

— Eh bien ! voici de quoi il s'agit, frère Filofeï : on dit que tu as des chevaux. Amènes-en trois ; nous les attellerons à mon tarantass, qui est léger, et nous irons à Toula. Il fait frais, il fait clair de lune. Comment est la route ?

— La route ? rien à en dire. Il n'y a que vingt verstes jusqu'au grand chemin Un seul petit endroit n'est pas gentil. Pour le reste, rien.

— Qu'est-ce que ce petit endroit ?

— Un gué à traverser.

— Mais, interrompit Yermolaï, est-ce que vous allez vous-même à Toula, barine ?

— Oui, moi-même !

(1) Philothée.

— Allons, bon ! » fit mon fidèle serviteur en hochant la tête ; et il sortit en frappant la porte de dépit. Le voyage à Toula ne lui offrait plus rien d'intéressant.

« Tu connais bien la route ? demandai-je à Filofeï.

— Comment ne pas connaître la route ? Que votre volonté soit faite... Cependant, je ne puis pas tout à coup... comme ça... »

Yermolaï s'était borné à dire : Sois tranquille, on te payera, imbécile. Filofeï, tout imbécile qu'il fût, ne pouvait se contenter d'une telle parole. Il me demanda cinquante roubles ; je lui en offris dix, et nous nous mîmes à batailler. Yermolaï, qui venait de rentrer, voulut m'affirmer que cet imbécile... (« le mot lui plaît, » dit tout bas Filofeï) ne connaissait pas le compte de l'argent ; et il me rappela, à cette occasion, qu'une auberge construite par ma mère, il y a quelque vingt ans, sur un endroit de passage où se croisent deux grands chemins, était finalement tombée en ruines, parce qu'un vieux domestique, dont on avait fait l'aubergiste, ignorait réellement la valeur des monnaies, et les évaluait d'après la quantité, donnant par exemple un rouble d'argent pour six copecks en cuivre, tout en traitant de voleurs les passants qu'il hébergeait.

« Tu es un vrai Filofeï, » dit enfin Yermolaï,
qui sortit en frappant de nouveau la porte.

Filofeï ne répondit rien, comme s'il fût conve-
nu en lui-même qu'il n'était guère décent de se
nommer Filofeï, bien que le vrai coupable fût le
pope, qu'on n'avait pas assez largement payé le
jour du baptême.

Nous convînmes enfin de vingt roubles. Il alla
chercher les chevaux, et bientôt en amena cinq
pour que je fisse un choix. C'étaient d'assez
bonnes bêtes, bien que leurs crinières et leurs
queues fussent diablement emmêlées, et leurs
ventres gonflés comme des tambours. Filofeï
était revenu accompagné de deux de ses frères,
qui ne lui ressemblaient guère en effet. Petits de
taille, les épaules carrées, le nez pointu, les yeux
noirs, ils avaient bien l'air, comme les avait
nommés Yermolaï, de fameux lurons. Ils bavar-
daient beaucoup, mais ne laissaient pas d'obéir
à l'aîné. Ils auraient voulu atteler dans le brancard le cheval gris, parce que, disaient-ils, celui-
là descend très-bien la montagne. Mais Filofeï
tint pour la tête velue; et ce fut la tête velue
qu'on mit au brancard.

On bourra de foin mon tarantass ; on y fourra
le collier de mon cheval boiteux, pour l'essayer
à celui que j'achèterais à Toula. Filofeï, qui

avait eu le temps de courir à la maison, en revint
avec une longue houppelande qui avait appartenu
à son père, un chapeau pointu et de grandes
bottes frottées de goudron. Puis il s'installa avec
solennité sur le siége. Je m'assis également et
regardai ma montre. Il était dix heures un quart.
Yermolaï ne daigna pas même me souhaiter bon
voyage, et se mit à battre son chien. Filofeï agita
ses rênes, comme un sonneur les cordes de ses
cloches, cria d'une voix de fausset : « Partez, mes
petits ! » ses deux frères s'élancèrent chacun d'un
côté, et frappèrent sous le ventre les chevaux de
volée. Et le tarantass s'ébranla, sortit de la cour
dans la rue ; la tête velue fit mine de retourner à
son écurie, mais Filofeï le mit à la raison par
quelques coups de fouet, et nous voilà hors du
village, roulant sur une route assez unie, bordée
d'épais noisetiers.

La nuit était douce, calme, une vraie nuit de
voyage. Un vent léger soufflait par moments,
faisait balancer les branches et tombait aussitôt.
De petits nuages argentés se tenaient immobiles
dans le ciel, et la lune au zénith éclairait vivement tous les objets. Je m'étendis sur le foin, et
j'allais m'endormir lorsque me revint à la mémoire le « petit endroit qui n'est pas gentil ».

« Hé ! Filofeï, y a-t-il loin d'ici au gué ?

— Huit verstes. »

Huit verstes, pensai-je, nous n'y serons pas avant une heure. J'ai le temps de dormir.

« Tu connais la route, Filoféï, bien sûr ?

— Comment ne la connaîtrais-je pas ? Si c'était pour la première fois... »

Il ajouta sans doute quelque chose, mais je ne l'entendis pas ; je dormais.

Ce qui m'éveilla, ce ne fut point, comme il arrive quelquefois, l'intention de me réveiller au bout d'une heure ; ce fut un faible mais étrange clapotement auprès de mon oreille. Je soulevai la tête.

Que diable est-ce ? Je suis couché dans mon tarantass, et tout près du bord de la voiture s'étend une large nappe d'eau, toute ridée et tremblotante aux rayons de la lune. Je regarde en avant : sur le siége, la tête penchée et le dos voûté, se tient Filoféï, immobile comme une statue ; et plus loin, au-dessus de l'eau murmurante, la ligne oblique de la *douga* avec les têtes et les cous des chevaux. Et tout cela est silencieux, comme dans un conte de fées.

Que diable est-ce ?

Je me retourne pour voir en arrière.

Mais nous sommes au beau milieu de la rivière; le rivage est à trente pas de nous.

« Filofeï ? m'écriai-je.

— Quoi donc ? répliqua-t-il.

— Comment, quoi donc ? Où sommes-nous ?

— Dans la rivière.

— Je le vois bien, mais nous allons nous noyer.
C'est ainsi que tu passes le gué ?... Mais tu dors,
Filofeï, réponds donc.

— Je me suis trompé un brin, dit enfin mon
cocher. Pour mes péchés, j'ai pris trop à gauche.
Maintenant il faut attendre.

— Comment, attendre ! mais quoi ?

— Il faut que la tête velue s'oriente; et, du côté
où il se décidera, là il faudra aller. »

Je me dressai sur mon tas de foin. La tête du
cheval de brancard ne faisait pas un mouvement
au-dessus de l'eau. Tout ce qu'on pouvait voir à
la clarté fort nette de la lune, c'est qu'une de ses
oreilles se mouvait lentement, tantôt en avant,
tantôt en arrière.

« Mais il dort aussi, ta tête velue ?

— Non, barine, il est occupé à flairer l'eau. »

Et tout retomba dans le silence. On n'entendait que le bouillonnement léger du courant.
Cette lune, cette nuit, cette rivière, et nous dedans... je finis par me pétrifier moi-même.

« Qu'est-ce que ces sifflements ? demandai-je à Filofeï.

— Çà, ce sont des canetons dans les joncs, ou bien des couleuvres. »

Tout à coup, la tête du cheval de brancard s'agita violemment, ses oreilles se dressèrent, il souffla bruyamment...

« Hue, hue ! » cria Filofeï à tue-tête, et, se dressant de toute sa hauteur, il fit des ronds avec la corde de son fouet. Aussitôt le tarantass fut comme arraché et lancé en avant à travers le flot; puis il avança en cahotant de droite et de gauche. Dans le premier moment, il me sembla que nous descendions encore plus bas; mais, après des secousses et des plongeons, la nappe d'eau sembla tout à coup baisser. Elle continua à fuir, tandis que le tarantass grandissait hors de l'eau. Voilà qu'apparurent tout à coup les queues des chevaux et les roues de la voiture; puis, enfin, soulevant de grandes gerbes humides qui s'éparpillaient en diamants... non, en saphirs à la lumière bleuâtre de la lune, nos chevaux nous lancèrent d'un trait sur le rivage sablonneux et continuèrent à suivre la route montueuse, en la frappant avec élégance et en mesure de leurs pieds mouillés et luisants.

Eh bien, me vint-il alors à l'esprit, est-ce

12

que Filofeï me dira : « Vous voyez bien que j'ai
eu raison ? » ou quelque chose d'approchant ?
Mais il ne dit pas un seul mot. C'est pourquoi je
ne crus pas devoir non plus lui reprocher sa ma-
ladresse ; et, m'étant de nouveau blotti dans le
foin, j'essayai de reprendre mon somme.

Je ne pus toutefois m'endormir ; non pas que
je ne fusse assez fatigué de la chasse, ou que l'inquiétude me tînt encore les yeux ouverts ; mais le
pays que nous traversions était vraiment trop
beau pour qu'on cessât de le regarder. C'étaient
des prairies à perte de vue, grasses, herbeuses,
touffues, coupées d'une foule de petits lacs, de
mares, de ruisseaux, et de ces anses circulaires
laissées par la débâcle des glaces, dont les bords
sont couverts d'aulnes et de saules ; ces prairies
« libres et riches » comme les nomme le peuple
russe, desquelles parlent déjà nos vieilles légen-
des, à propos des preux du cycle de Kieff, des
compagnons de Vladimir, le grand kniaz slave,
lesquels allaient y chasser « les cygnes blancs et les
oies grises ». Le chemin, bien foulé, se déployait
devant nous en rubans onduleux. Les chevaux
couraient allègrement. Et moi, je regardais de
tous mes yeux. Et tout cela glissait si mollement

et si harmonieusement à nos regards, sous la lune « amie » ! Filoféï lui-même en fut touché.

« Ces prairies, dit-il en se retournant vers moi, portent chez nous le nom de Saint-Georges, et plus loin commencent les prairies des Vieux-Grands-Ducs. Il n'y en a point de pareilles dans toute la Russie. Elles sont si belles ! »

A ce moment la tête velue s'ébroua.

« Que Dieu t'assiste ! dit aussitôt Filoféï d'une voix grave et basse. Elles sont si belles ! répétat-il avec un profond soupir. La fenaison va bientôt venir, et ce qu'on y fera de meules de foin, c'est à ne pas le croire. Et que de poissons dans tous ces lacs ! des brêmes si grasses ! Un seul mot suffit : l'homme qui vit ici n'a pas besoin de mourir. »

Il éleva tout à coup la main :

« Voyez, voyez, là, au-dessus de l'eau ; est-ce un héron ? Est-ce qu'il prendrait du poisson même pendant la nuit ? »

Puis il se mit à rire.

« Sot que je suis ! c'est une branche que j'ai prise pour un héron. La lune nous trompe toujours. »

Longtemps nous roulâmes à travers ces prairies. Mais enfin elles cessèrent. De petits bois apparurent, puis des champs cultivés ; puis un village lointain se laissa deviner à ses deux ou trois points de feu. Il ne restait plus que cinq verstes pour atteindre le grand chemin. Je m'endormis.

Ce fut encore non de moi-même que je m'éveillai. Cette fois, ce fut par la voix de Filofeï :

« Barine, barine ! »

Je me soulevai. Le tarantass était arrêté au beau milieu de la grande route, dans une plaine absolument plate. Se retournant vers moi de son siége, et ouvrant ses yeux tout grands (je ne m'étais pas imaginé qu'ils fussent ainsi), il murmurait d'une voix mystérieuse : « Ça fait du bruit...

— Que dis-tu ?

— Je dis, barine : Ça fait du bruit. Penchez-vous et écoutez... Entendez-vous ? »

Je sortis la tête du tarantass, je retins ma respiration, et j'entendis en effet, loin, bien loin derrière nous, comme un bruit faible et intermittent de roues roulantes.

« Vous entendez ? répéta Filofeï.

— Oui, répliquai-je, c'est une voiture quelconque.

— Mais n'entendez-vous pas, là, maintenant, des grelots... et quelqu'un qui siffle ?... Otez donc votre bonnet, vous entendrez mieux. »

Je n'ôtai pas mon bonnet, mais je tendis l'oreille :

« C'est vrai ; mais qu'est-ce que tu en conclus ? »

Filofeï se retourna du côté des chevaux et rassembla ses rênes :

« C'est une *téléga*... non chargée, dit-il, et les roues sont ferrées. Ce sont de mauvaises gens, barine. On fait de mauvais coups dans les environs de Toula.

— Quelle folie ! Pourquoi supposes-tu que ce sont de mauvaises gens ?

— Allez, je ne me trompe pas. Des grelots, une téléga vide et des gens qui sifflent. Qu'est-ce que ce peut être ?

— Y a-t-il encore loin d'ici à Toula ?

— Quinze verstes, et pas une habitation !

— Eh bien, file, et ne lambine pas. »

Filofeï fit claquer son fouet, et le tarantass se remit à rouler.

Bien que ne donnant pas créance aux propos de Filofeï, je ne pus cependant pas me rendormir.

Si pourtant...

C'était une sensation désagréable. Je restai

12.

assis dans le tarantass, et me mis à regarder de droite et de gauche. Pendant mon sommeil, un léger brouillard s'était formé, non pas sur la terre, mais à la hauteur des nuages, et la lune semblait pendre là-dedans comme une tache blanchâtre. On voyait un peu plus clair en bas, mais cependant tout semblait terne et blafard. Tristes endroits que nous traversions! Des champs et encore des champs, et quelques ravines pleines de broussailles, et encore des champs, presque tous en jachère, à peine parsemés de quelques mauvaises herbes. Tout était vide, mort; pas même une caille qui chantât.

Nous allâmes ainsi pendant une demi-heure. Filofeï ne cessait d'exciter ses chevaux; mais ni lui ni moi ne prononçâmes une seule parole. Arrivé au sommet d'une petite colline, Filofeï arrêta ses chevaux : « Ça fait du bruit, barine, ça fait du bruit ! »

Je me penchai hors du tarantass. Mais j'aurais pu rester sous la capote, tant m'arrivaient clairement, quoique encore lointains, le bruit des roues d'une téléga, les sifflements de plusieurs hommes, le tintement des grelots et jusqu'au martèlement du pied des chevaux sur la route. Il me sembla même entendre des chants et des rires. Il est vrai que le vent portait de là-bas;

mais, sans nul doute, les voyageurs inconnus avaient gagné une ou peut-être deux verstes sur nous.

Filofeï et moi, nous échangeâmes un regard. Il enfonça son bonnet sur les yeux, et, serrant les rênes, il fouetta les chevaux à tour de bras. Ses trois bêtes partirent au galop; mais elles ne purent longtemps soutenir cette allure, et se remirent au trot, malgré tous les efforts de Filofeï et les coups qui pleuvaient.

Je n'aurais pas pu dire pourquoi, n'ayant point partagé d'abord les soupçons de Filofeï, je me sentais tout à coup persuadé que c'étaient, en effet, de mauvaises gens qui nous suivaient. C'étaient toujours les mêmes bruits, les mêmes grelots, les mêmes sifflements; mais je ne doutais plus : Filofeï ne pouvait se tromper.

Une vingtaine de minutes se passèrent encore, et, parmi le tapage du tarantass mené grand train, nous entendions déjà le bruit de l'autre voiture.

« Arrête, Filofeï, dis-je. Il faut en finir. »

Filofeï fit entendre un *prr* plaintif, et les chevaux s'arrêtèrent aussitôt, enchantés de prendre du repos.

Grands dieux! les grelots hurlent derrière notre dos. Des hommes crient, sifflent, chantent.

La *téléga* fait un bruit de ferraille; les chevaux soufflent et battent la terre.

Nous sommes rattrapés.

« Malheur ! » murmure Filofeï.

Il allait remettre son attelage en marche, quand tout à coup, avec un fracas épouvantable, une grande téléga, attelée de trois chevaux efflanqués, passa près de nous comme un tourbillon et, lancée ventre à terre, s'arrêta brusquement devant notre voiture, pour se mettre au pas.

« Vraie manière de brigands ! » balbutia Filofeï. »

J'avoue que mon cœur se serra dans ma poitrine. Je regardai avec effort à travers cette brume confuse. Devant nous, dans la téléga, les uns assis, les autres couchés, se tenaient six hommes en chemise rouge, l'armiak jeté sur les épaules. Deux étaient sans bonnet. Des jambes en grandes bottes pendaient hors de la téléga ; des mains s'élevaient et retombaient en désordre. Évidemment ces gens étaient ivres. Les uns chantaient à tue-tête ; un d'eux sifflait d'une façon claire et perçante ; un autre jurait à se déchirer la bouche. Sur le siége d'avant se tenait, les rênes en mains, une espèce de géant, vêtu d'une pelisse en peau de mouton. Ils allaient au pas et ne semblaient pas faire à nous la moindre attention.

Que faire ? Nous les suivîmes, également au pas. Pendant un quart de verste, nous marchâmes de cette façon. L'attente était anxieuse. Se sauver, se défendre, impossible. Ils étaient six, et je n'avais pas seulement un bâton. Retourner en arrière, ils nous rattraperaient en un clin d'œil. Il me vint à la mémoire un vers de notre poëte Joukovski, là où il parle de l'assassinat du maréchal Kamenski : « La hache d'un vil brigand...» ou bien on te serre la gorge avec une corde boueuse, et l'on te jette dans le fossé, et râle tout ton saoul comme un lièvre pris au lacet...

Horreur ! et ils continuent à marcher au pas et à ne pas faire attention à nous.

« Filofeï, lui dis-je à voix basse, essaye de prendre un peu à droite, comme si tu voulais les dépasser. »

Filofeï essaya, et prit à droite ; mais les autres prirent à droite également. Impossible d'avancer.

Filofeï essaya encore, et prit à gauche ; mais on lui barra de même le chemin, on rit même dans la téléga.

« De vrais brigands, me glissa Filofeï par-dessus l'épaule.

— Mais qu'attendent-ils donc ? dis-je également à voix basse.

— Là, devant nous, dans ce creux, voyez-vous ce petit pont sur le ruisseau? Eh bien, c'est là qu'eux et nous... ils font toujours leurs coups près des ponts. Notre affaire est claire, barine, ajouta-t-il avec un soupir. On ne nous lâchera pas vivants, car leur principal souci, c'est qu'il ne reste pas un coq pour chanter. Il n'y a qu'une chose que je regrette, barine; c'est que ma pauvre petite *troïka* (1) est flambée. Mes frères mêmes n'en hériteront pas. »

Je me serais étonné qu'en un pareil moment Filoféï pût penser à ses chevaux, si je n'avais dû songer à moi.

« Ils me tueront. Mais pourquoi? Je leur donnerai tout ce que j'ai... »

Le petit pont se rapprochait et devenait de plus en plus visible. Tout à coup un cri perçant retentit; la téléga sembla s'élancer en avant comme un oiseau, et, arrivée près du pont, s'arrêta brusquement un peu hors du chemin.

Ah, oui! notre affaire est claire.

« Frère Filoféï, lui dis-je, nous allons ensemble à la mort; pardonne-moi d'avoir causé ta perte.

— Quelle faute as-tu faite, barine? Est-ce qu'on

(1) Attelage de trois chevaux.

peut éviter son sort? Allons, tête velue, mon bon cheval fidèle, va, frère, en avant. Rends-moi le dernier service. A la grâce de Dieu! »

Il mit sa troïka au trot, et nous commençâmes à nous rapprocher du pont et de cette terrible téléga qui nous attendait immobile. Tout en elle avait fait silence; rien ne bougeait. Ainsi fait le brochet, l'épervier, tout animal de proie quand la victime approche. Nous voilà sur la ligne de la téléga. Le géant en pelisse bondit du siége et vint droit à nous. Il ne dit pas un mot à Filofeï; mais celui-ci, de lui-même, tira sur les rênes, et le tarantass s'arrêta. Le géant posa ses deux mains sur la portière, et, penchant en avant sa grosse tête chevelue, affectant un sourire, il prononça, de cette voix goguenarde et flûtée habituelle aux ouvriers de fabrique en Russie, le petit discours suivant :

« Respectable seigneur, nous sortons d'un honorable festin, d'une bonne petite noce; nous venons de marier un de nos gars, et si bien l'avons-nous festoyé qu'il en est resté couché par terre. Nous sommes tous de jeunes lurons, des têtes chaudes, nous avons bu à gogo, mais nous n'avons plus de quoi prendre la goutte du matin pour nous dessoûler. N'auriez-vous pas la grande générosité... ne nous feriez-vous pas la grâce de nous allonger quelque petit argent... seulement pour qu'il y ait une bouteille par museau ? Nous les boirions à la santé de Votre Honneur. Mais si vous ne voulez pas nous faire cette grâce, alors, ma foi !... ne vous fâchez pas si... »

« Qu'est-ce à dire ? pensai-je. Est-ce une dérision, une moquerie ?

Le géant continuait à se tenir contre le tarantass. En ce moment, la lune perça le brouillard, et lui éclaira le visage en plein. Tout souriait dans ce visage, les yeux, les lèvres ; nulle menace, mais je ne sais quelle étrange attente. Et puis ses dents, si blanches, si longues...

« Moi, avec plaisir, m'écriai-je. Et tirant ma bourse, j'y pris deux roubles d'argent (on en voyait encore en Russie dans ce temps-là). Tenez ; si cela suffit...

— Merci bien ! » cria le géant à la façon des soldats ; et ses gros doigts m'arrachèrent aussitôt, non pas toute la bourse comme je m'y attendais, mais seulement les deux roubles offerts.

« Merci bien ! »

Il secoua sa crinière et courut à la téléga.

« Enfants, cria-t-il, monsieur le voyageur vous fait cadeau de deux roubles ! » Ses camarades lu répondirent par un hourrah général. Le géant s'aplatit sur son siége.

« Au plaisir de vous revoir ! »

Et tout fut dit. Les chevaux partirent comme des flèches, la téléga grimpa la montée, se dessina un moment sur la ligne sombre qui séparait le ciel de la terre, et disparut...

Plus de cris, plus de grelots, pas un bruit, silence de mort.

Il se passa un moment avant que nous fussions revenus à nous, Filofeï et moi.

« Ah ! le drôle de garçon ! dit-il enfin ; et, ôtant son chapeau, il se mit à faire des signes de croix... Vraiment drôle, ajouta-t-il, se retournant de mon côté, le visage rayonnant de joie. Et ce doit être aussi un brave homme. Allons, allons, petits amis, qu'on se dépêche, il ne vous arrivera rien, il n'arrivera rien à personne. C'est lui pourtant qui nous empêchait de passer, qui tenait les rênes. Drôle de garçon ! Hue, hue, en avant ! »

Je ne disais rien, moi, mais je sentais pourtant un certain bien-être. Il n'arrivera rien à personne, répétai-je aussi... et ça ne nous a pas coûté gros. J'eus même quelque honte de m'être rappelé le vers de Joukowski. Une pensée me traversa la tête.

13

« Filofeï, dis-je.

— Quoi?

— Es-tu marié?

— Oui, je suis marié.

— As-tu des enfants?

— J'ai des enfants.

— Comment se fait-il donc que tu ne te sois pas souvenu d'eux? Tu as regretté tes chevaux; et ta femme? et tes enfants?

— Pourquoi les aurais-je regrettés? Ils ne seraient pas tombés aux mains des bandits. Mais je les ai tenus tout le temps dans mon esprit, et maintenant encore, et toujours... »

Filofeï se tut un instant.

« C'est peut-être pour eux que le Seigneur Dieu nous a fait grâce, à toi et à moi.

— Mais puisque ce n'étaient pas des brigands!

— Et qu'en sais-tu? T'es-tu jamais fourré dans l'âme d'autrui? L'âme d'autrui, comme dit le proverbe, c'est la noire nuit. Tandis qu'avec Dieu... Rien de meilleur que cela. Oh! non, barine, vois-tu... pour moi, ma famille... En avant, mes petits, en avant! »

Il était presque jour quand nous approchâmes de Toula. J'étais plongé dans l'oubli d'un demi-sommeil.

« Barine, me dit tout à coup Filofeï, regardez

un peu. Ils se sont arrêtés au cabaret. Voilà leur téléga. »

En effet, c'étaient leur téléga et leurs chevaux. Sur le seuil du cabaret, apparut soudain notre connaissance, le géant en pelisse de mouton.

« Seigneur, s'écria-t-il en agitant son bonnet, nous achevons de boire votre argent. Et toi, vaillant cocher, ajouta-t-il en hochant la tête, tu as eu peur, hein ?

— Cet homme est bien gai, » dit Filofeï, quand il fut à cent pas du cabaret.

Nous entrâmes enfin à Toula. J'achetai du plomb, et d'occasion, du thé et du vin, et même un cheval chez le maquignon. Nous nous remîmes en route vers midi. En repassant par l'endroit où, pour la première fois, nous avions entendu le bruit de la téléga, Filofeï, qu'un coup bu à Toula avait mis de bonne humeur, à ce point qu'il me racontait des contes de vieilles, Filofeï se mit tout à coup à rire.

« Te souviens-tu, barine, comme je te disais toujours : Ça fait du bruit ? »

Ce mot lui semblait extrêmement comique ; il en riait tant qu'il agitait les deux mains.

Le soir même nous revînmes à son village. Je racontai l'aventure à Yermolaï. Comme il était à jeun, il ne me témoigna aucun intérêt, mais se

contenta de faire un hum! soit d'approbation,
soit de reproche, ce qu'il ne savait sans doute
pas lui-même. Mais, deux jours plus tard, il m'in-
forma avec une satisfaction visible que, dans la
même nuit et sur la même route, un marchand
qui allait à Toula avait été dépouillé et assassiné.
Je ne crus pas d'abord à cette nouvelle; mais il
fallut me rendre, car la vérité du fait me fut cer-
tifiée par un officier de police qui était venu sur
les lieux pour l'instruction du crime. Ne serait-
ce pas de cette noce que revenaient nos lurons,
et ne serait-ce pas ce gars qu'ils avaient couché
par terre, selon l'expression du géant goguenard?
Je restai encore cinq jours dans le village de Filofeï; et je ne manquai pas de lui dire chaque
fois que je le rencontrai :

« Eh! ça fait du bruit?

— C'est un garçon très-gai, » répondait-il chaque fois en éclatant de rire.

POUNINE ET BABOURINE

... Me voilà devenu vieux et malade, et ma
pensée la plus habituelle est celle de la mort qui
se rapproche de jour en jour ; rarement je songe
au passé, rarement je porte mes regards en arrière. Parfois cependant, l'hiver, assis immobile
devant une cheminée où brûle un feu tranquille ; l'été, en me promenant à pas lents dans
une allée ombreuse, — parfois je me rappelle
des événements, des visages du passé ; mais ce
n'est pas à l'époque de ma maturité, ce n'est pas
même à celle de ma jeunesse que s'arrêtent alors
mes souvenirs. Ils m'emportent jusqu'à mon
enfance ou aux premiers jours de mon adoles-
cence.

En ce moment, par exemple, je me vois à la
campagne, chez ma sévère et colérique grand'-

mère. J'ai douze ans au plus, et je revois deux êtres...

Mais je vais mettre de l'ordre et de la suite dans mon récit.

I.

(1830)

Le vieux domestique Philippitch entra, comme d'ordinaire, sur la pointe des pieds, le nœud de sa cravate bien soigneusement attaché, les lèvres fortement serrées « pour ne pas laisser passer le souffle », sa petite huppe grise juste au milieu du front. Il entra, s'inclina et présenta à ma grand'mère, sur un plateau de tôle peinte, une large lettre au cachet armorié. Ma grand'mère mit ses lunettes, prit connaissance du contenu de la lettre...

« Est-il là ? demanda-t-elle.

— Madame désire...? fit timidement Philippitch.

— Imbécile! Celui qui a apporté la lettre, est-il là?

— Oui, madame, oui, il est au bureau. »

Ma grand'mère fit rouler son chapelet d'ambre jaune.

« Fais-le venir!... Et vous, monsieur, me dit-elle, tenez-vous tranquille! »

Je n'avais pas besoin de cette recommandation pour rester immobile dans mon petit coin, sur le tabouret qui m'était assigné. Ma grand'mère me tenait d'une main de fer.

Au bout de cinq minutes, je vis entrer un homme de trente-cinq ans, aux cheveux noirs, au teint basané. Son visage aux pommettes saillantes était couturé de la petite vérole; il avait un grand nez crochu, et, sous ses épais sourcils, se voyaient deux petits yeux gris au regard triste et calme, dont la couleur et l'expression ne correspondaient pas au type oriental de l'ensemble du visage. Le nouveau venu était vêtu d'une longue redingote d'apparence respectable. Il resta près de la porte et ne salua que de la tête.

« Ton nom de famille est Babourine? demanda ma grand'mère, qui ajouta aussitôt à part soi, en français: « Il a l'air d'un Arménien. »

— Oui, madame, » répondit-il d'une voix sourde et sans inflexions.

Au premier mot de tutoiement de ma grand'-mère, il eut un léger tressaillement sur le visage. Ne s'était-il pas imaginé, par hasard, qu'elle allait lui dire « vous » ?

« Tu es Russe ? orthodoxe ?

— Oui, madame. »

Ma grand'mère ôta ses lunettes et examina Babourine de la tête aux pieds sans se presser. Il ne baissa pas les yeux et mit ses mains derrière le dos. Ce qui m'intéressait le plus en lui, c'était sa barbe, très-soigneusement rasée : je n'avais jamais vu de ma vie un menton et des joues si bleus !

« Dans sa lettre, reprit ma grand'mère, Iakof Pétrovitch parle de toi comme d'un homme rangé et travailleur ; mais pourquoi es-tu sorti de chez lui ?

— Pour lui, madame, et pour son administration, il faut une autre sorte de gens.

— Une autre sorte ?... Je ne comprends pas. »

Ma grand'mère fit de nouveau rouler les grains de son chapelet :

« Iakof Pétrovitch m'écrit que tu as deux particularités singulières. De quoi veut-il parler ? »

Babourine haussa légèrement les épaules.

« Je ne sais pas ce qu'il lui plaît d'appeler des particularités singulières. C'est peut-être parce que... je n'admets pas les châtiments corporels. »

Ma grand'mère parut très-étonnée.

« Est-ce que, par hasard, Iakof Pétrovitch aurait voulu te châtier? »

Le visage basané de Babourine se couvrit de rougeur jusqu'à la racine des cheveux.

« Vous ne m'avez pas compris, madame; j'ai pour règle de ne pas user de châtiments corporels à l'égard des paysans. »

Ma grand'mère parut plus étonnée encore que précédemment, et même leva les mains en signe de stupéfaction.

« Ah!... » fit-elle enfin, et, inclinant quelque peu la tête de côté, elle examina attentivement Babourine pour la seconde fois :

« C'est ta règle, à toi? Fort bien; cela m'est parfaitement indifférent; je te prends pour commis aux écritures et non pas pour intendant. As-tu une bonne écriture?

— J'écris bien, sans fautes d'orthographe.

— Peu m'importent les fautes d'orthographe. L'essentiel, c'est que ce soit lisible et qu'il n'y ait pas de ces nouvelles majuscules avec des queues, je ne peux pas les souffrir. Et quelle est ton autre singularité? »

Babourine hésita, toussa…

« Peut-être monsieur le propriétaire Iakof Pétrovitch a-t-il voulu faire allusion à ce que je ne suis pas seul.

— Tu es marié ?

— Non, madame… mais… »

Ma grand'mère fronça le sourcil.

« J'ai quelqu'un qui vit avec moi… un homme… un camarade pauvre, dont je ne me sépare jamais… voilà, je crois, bientôt dix ans.

— Un parent à toi ?

— Non, madame, pas un parent, un camarade. Il ne peut causer aucun embarras dans l'administration, se hâta d'ajouter Babourine, comme pour prévenir toute objection : il vit à mes frais, il demeure dans la même chambre que moi : il peut même plutôt être utile, car, sans vanterie, il possède une instruction supérieure ; et il est de mœurs exemplaires. »

Ma grand'mère écoutait Babourine en clignant les yeux et en mâchonnant les lèvres.

« Il vit à tes frais ?

— Oui, madame.

— C'est par charité que tu l'entretiens ?

— Par justice… car tout pauvre homme est tenu de secourir un autre pauvre homme.

— Ah ! vraiment ? C'est la première fois de ma

vie que j'entends dire pareille chose. Jusqu'ici je m'étais imaginée que c'était plutôt un devoir des riches.

— J'oserai vous faire observer que, pour les riches, c'est un passe-temps... au lieu que pour nous autres...

— Assez, assez! c'est bon! » interrompit ma grand'mère; et, après avoir un peu réfléchi, elle ajouta en nasillant, — ce qui était toujours mauvais signe :

— Quel âge a-t-il, ton protégé?

— Il est de mon âge.

— De ton âge? J'avais supposé qu'il était ton élève.

— Non, madame, c'est mon camarade, et en outre...

— Assez, interrompit encore ma grand'mère. Tu es un philanthrope, à ce qu'il paraît. Iakof Pétrovitch a raison; dans ta position, c'est une bien grande singularité. Maintenant, occupons-nous de notre affaire. Je vais t'expliquer tes devoirs. Et quant aux appointements... — Que faites-vous ici? ajouta soudain en français ma grand'mère, tournant vers moi son visage sec et jaune, allez étudier votre leçon de mythologie! »

Je m'élançai pour baiser la main à ma grand'-

mère, et je m'en allai, non pas apprendre ma
mythologie, mais tout bonnement dans le jardin.

Le jardin de la propriété de ma grand'mère
était un grand parc très-ancien; d'un côté, il
s'inclinait vers un étang à eau courante dans lequel vivaient non-seulement des goujons et des
tanches, mais des salvelines, les célèbres salvelines, ces petites anguilles qu'on ne trouve presque plus nulle part aujourd'hui. En tête de cet
étang croissait une épaisse oseraie; plus haut, des
deux côtés du ravin, s'étendait un fourré de ro-
bustes buissons, noisetiers, sureaux, chèvrefeuil-
les, prunelliers, envahis dans le bas par les
bruyères et les livèches. Entre les massifs, mais
seulement de loin en loin, apparaissaient de
toutes petites pelouses vert-émeraude, d'une
herbe fine et soyeuse que bigarraient gentiment
les mignons chapeaux roses, jaunes, lilas, de ces
champignons nommés russules, et où se dressaient en taches lumineuses les boules d'or de la
grande chélidoine.

Là, au printemps, on entendait la chanson des
rossignols, le sifflement des merles et le cri des
coucous; il y faisait toujours frais, même pendant les chaleurs de l'été; — et j'aimais à m'en-

foncer dans ces profondeurs, où j'avais de petites places favorites, mystérieuses et connues de moi seul, — je me le figurais, du moins !

En sortant du cabinet de ma grand'mère, je m'étais dirigé tout droit vers un de ces coins, que j'appelais la « Suisse ». Mais quelle fut ma surprise lorsque, avant d'être arrivé en « Suisse », je m'aperçus, à travers le fouillis des branches à demi mortes et des rameaux verts, qu'un autre que moi venait de la découvrir ! Une longue, longue figure vêtue d'une souquenille jaune en gros drap et d'une casquette à haute forme, se tenait à mon endroit préféré.

Je m'avançai avec précaution, et je vis un visage complétement inconnu, — blafard et mou, avec de petits yeux rouges et un nez bien drôle ; ce nez, allongé comme une cosse de pois, semblait pendre au-dessus de deux lèvres gonflées qui, par intervalle, frémissant et s'arrondissant, faisaient entendre un sifflement léger, pendant que les longs doigts de ses deux mains osseuses, rapprochées l'une de l'autre sur le haut de la poitrine, accomplissaient avec célérité un mouvement de rotation. De temps en temps ce mouvement se ralentissait, les lèvres cessaient de frémir et de siffler, et la tête se penchait en avant comme pour écouter. Je m'approchai encore da-

14

vantage, je regardai plus attentivement... L'inconnu tenait dans chaque main une de ces petites soucoupes de porcelaine dont on se sert pour exciter les serins à chanter. Une branche sèche craqua sous mon pied; l'inconnu tressaillit, fixa ses petits yeux rouges dans le fourré et sembla vouloir reculer, mais il se cogna contre un arbre, fit : Oh! et s'arrêta.

J'entrai sur la pelouse. L'inconnu sourit.

« Bonjour, dis-je.

— Bonjour, mon petit seigneur! »

Je ne fus pas content de l'entendre m'appeler ainsi. A quel propos cette familiarité?

« Que faites-vous ici? demandai-je d'un ton sévère.

— Voyez-vous, répondit-il sans cesser de sourire, j'engage les oiseaux à chanter. — Il me montrait ses petites soucoupes. — Les pinsons répondent admirablement. En raison de votre jeune âge, le chant des oiseaux doit infailliblement vous plaire. Écoutez : je vais gazouiller, et ils vont répondre sur-le-champ; c'est si agréable! »

Il se mit à frotter ses soucoupes. En effet un pinson lui répondit du sorbier voisin. L'inconnu fit un rire muet et me cligna de l'œil.

Ce rire et ce clignement d'yeux, tous les mou-

vements de l'inconnu, sa voix faible et chevro-
tante, ses genoux cagneux, ses mains déchar-
nées, sa casquette même et sa longue souquenille, tout en lui respirait la bonhomie avec
quelque chose de comique et d'innocent à la
fois.

« Il y a longtemps que vous êtes arrivé ici ?
lui demandai-je.

— Aujourd'hui.

— Mais n'êtes-vous pas celui dont...

— Dont M. Babourine parlait avec madame ?
C'est moi-même, moi-même.

— Votre camarade s'appelle Babourine, et
vous ?

— Moi, Pounine. Mon nom est Pounine ;
Pounine. Il s'appelle Babourine et moi Pounine. Il fit résonner ses soucoupes. Écoutez,
écoutez le pinson... Comme il s'en donne ! »

Du premier coup, cet original me plut énor-
mément. Comme presque tous les gamins, avec
tous les étrangers j'étais timide, ou je faisais
l'important ; il me semblait connaître celui-ci
depuis un siècle.

« Venez avec moi, lui dis-je ; je sais une
place encore meilleure que celle-ci : il y a un
banc. Nous pourrons nous asseoir, et de là on
voit le barrage.

— Bien, allons, » répondit mon nouvel ami, en appuyant sur chaque mot.

Je le laissai passer devant. En marchant, il se dandinait et traînait ses pieds, tout en renversant la tête en arrière.

Je remarquai un petit gland qui remuait, cousu au dos de sa souquenille, sous le col.

« Qu'est-ce qui vous pend-là? demandai-je.

— Où? demanda-t-il en tâtant son col de la main. Ah! ce gland? Laissez-le. Probablement on l'a mis là comme ornement. Il ne me gêne pas. »

Je le conduisis au banc, je m'assis, il s'assit auprès de moi :

« Il fait bon ici, dit-il, et il poussa un soupir profond, très profond. Oh! que c'est bon! Vous avez un jardin magnifique. Oh! oh! oh! »

Je le regardais de côté.

« Quelle drôle de casquette vous avez! m'écriai-je involontairement. Montrez-la-moi!

— Avec plaisir, mon petit seigneur, avec plaisir. »

Il ôta sa casquette; j'étendais la main pour la prendre lorsque je levai les yeux et — je pouffai de rire. Pounine était totalement chauve; pas un seul cheveu n'apparaissait sur son crâne pointu, recouvert d'une peau lisse et blanche.

Il passa la main sur sa tête, et rit aussi. Quand il riait, il avait l'air d'avaler quelque chose, ouvrant largement la bouche et fermant les yeux, pendant que sur son front trois rangées de rides couraient de bas en haut, comme des vagues.

« Eh bien, dit-il enfin, n'est-ce pas que c'est exactement comme un œuf?

— Exactement ! exactement ! répétai-je avec transport. Il y a longtemps que vous êtes comme ça ?

— Oui ! Et quels cheveux j'avais ! Une toison d'or semblable à celle que les Argonautes allèrent chercher à travers les gouffres marins. »

Quoique je n'eusse que douze ans, je savais, grâce à mes études mythologiques, ce que c'était que les Argonautes ; je n'en fus que plus étonné d'entendre ce mot dans la bouche d'un homme vêtu à peu près de guenilles.

« Vous avez donc appris la mythologie ? demandai-je en tournant et retournant la casquette, qui se trouvait être ouatée, avec un petit bord de fourrure pelée et une visière de carton cassée en deux.

— J'ai appris cette science aussi, mon gentil petit monsieur ; dans ma vie j'ai eu de tout. Et maintenant, rendez-moi mon couvercle ; cet objet protége la nudité de mon crâne. »

14.

Il enfonça sa casquette, et, mettant de travers ses sourcils blanchâtres, il me demanda qui j'étais personnellement et ce qu'étaient mes parents.

« Je suis le petit-fils de la propriétaire de ce bien, répondis-je. Je suis seul avec elle. Papa et maman sont morts. »

Pounine fit le signe de la croix.

« Que Dieu leur donne le paradis ! Alors vous êtes orphelin, et héritier. On voit le sang noble tout de suite ; il court et joue dans vos petits yeux : j, j, j, j... Il représenta avec ses doigts la manière dont le sang court. — Et vous ne savez pas, votre honneur, si mon camarade s'est arrangé avec votre grand'mère, s'il a la place qu'on lui avait promise ?

— Je n'en sais rien. »

Pounine poussa un hum ! prolongé.

« Ah ! si on pouvait s'installer ici ! seulement pour quelque temps ! car nous errons, nous pérégrinons, nous ne trouvons pas d'asile, les soucis de cette vie ne nous laissent pas tranquilles, notre âme est toujours troublée et fragile...

— Dites-moi, interrompis-je, vous êtes du clergé ? »

Pounine se tourna vers moi en fermant à demi les yeux.

« Quelle est la cause de cette question, mon aimable adolescent ?

— Mais vous parlez comme on lit les Écritures à l'église.

— Parce que j'emploie des expressions sla-vonnes ? Cela ne doit pas vous étonner. J'admets que, dans la conversation ordinaire, de sem-blables expressions ne sont pas toujours à leur place ; mais, dès que l'esprit s'élance vers l'em-pyrée, le discours devient aussi plus élevé ! Se peut-il que votre professeur de grammaire russe, — on vous l'enseigne, n'est-ce pas ? — se peut-il qu'il ne vous ait pas expliqué cela ?

— Non, il ne me l'a pas expliqué, répondis-je. Et quand nous sommes à la campagne, je n'ai pas de professeur. A Moscou, j'en ai beaucoup.

— Et vous restez longtemps à la campagne ?

— Deux mois, pas davantage ; ma grand'mère dit que je me gâte à la campagne. J'ai une gou-vernante ici.

— Une Française ?

— Oui. »

Pounine se gratta l'oreille.

« C'est une *mamzelle,* alors ?

— Oui, on l'appelle Mlle Friquet. — Je fus tout à coup honteux de penser que moi, un gar-çon de douze ans, j'avais non pas un gouverneur, mais une gouvernante, comme une petite fille ! « Mais vous croyez peut-être que je l'écoute ? ajoutai-je dédaigneusement. Ah ! bien, oui ! »

Pounine secoua la tête : « Ah ! noblesse, petite noblesse, pour les étrangers trop de tendresse ! Et la Russie, votre patrie, vous vous en détournez ; c'est vers les étrangers que vous inclinez...

— Qu'est-ce que c'est ? Vous parlez en vers ? lui dis-je.

— Certainement ! Je puis faire des vers tant que cela dure ; c'est un don de la nature. »

En ce moment un coup de sifflet fort et net retentit dans le jardin. Mon interlocuteur se leva vivement :

« Adieu, mon petit seigneur ; mon camarade m'appelle, il me cherche... Que va-t-il me dire ? Adieu, excusez-moi. »

Il se faufila dans les buissons et disparut. Je restai encore quelque temps assis sur le banc. J'éprouvais une sorte de perplexité et encore un autre sentiment assez agréable... Je n'avais encore jamais rencontré ni écouté un homme semblable, mais je me souvins de ma leçon de mythologie et je retournai vers la maison à pas comptés.

A la maison, j'appris que ma grand'mère s'était arrangée avec Babourine ; on lui avait donné une petite chambre dans les communs, près de

l'écurie. Il s'y était immédiatement installé, avec
son camarade. Le lendemain matin, après avoir
pris le thé, sans demander la permission à
Mlle Friquet, je me dirigeai vers les communs.
J'avais envie de bavarder encore avec mon original de la veille. Sans frapper à la porte, — cette
coutume était inconnue chez nous, — j'entrai
tout droit dans la chambre. J'y trouvai, non celui
que je cherchais, non Pounine, mais son protecteur, le philanthrope Babourine. Il était debout
devant la fenêtre, les jambes largement écartées,
sans habit, et il se frottait méticuleusement la
tête et le cou avec un long essuie-mains.

« Qu'est-ce que vous voulez ? dit-il sans abais-
ser les mains, en fronçant le sourcil.

— Pounine n'est pas à la maison ? demandai-
je de l'air le plus dégagé, et sans ôter mon chapeau.

— M. Pounine, Nicandre Vavilytch, n'est pas
à la maison pour le moment, répondit Babourine
sans se presser ; mais permettez-moi une obser-
vation, jeune homme. Est-il poli d'entrer ainsi
dans la chambre d'autrui, sans en demander la
permission ? »

Moi !... jeune homme !... quelle audace !...
J'en devins tout rouge de colère.

« Probablement, vous ne me connaissez pas,

dis-je alors, non plus avec aisance, mais d'un air hautain ; je suis le petit-fils de la propriétaire d'ici.

— Cela m'est égal, répliqua Babourine en revenant à son essuie-mains. Vous avez beau être le petit-fils de la propriétaire, vous n'avez pas le droit d'entrer dans la chambre d'autrui.

— Quelle chambre d'autrui ? qu'est-ce qui vous prend ? Ici, je suis partout chez moi !

— Non, je vous demande pardon ; ici, c'est moi qui suis chez moi ; parce que cette chambre m'est assignée par contrat, en échange de mes services.

— Ne prenez pas la peine de m'instruire, je vous en prie, interrompis-je, je sais mieux que vous ce que...

— Il faut vous instruire, interrompit-il à son tour, puisque vous êtes dans l'âge où l'on apprend... Je connais mes devoirs, mais je connais également bien mes droits, et, si vous continuez à me parler ainsi, je serai obligé de vous prier de sortir... »

Je ne sais comment aurait fini notre dispute si en ce moment Pounine, se dandinant et traînant les pieds comme d'habitude, n'était entré dans la chambre. Il devina probablement, à l'expression de nos visages, qu'il se passait quelque chose de désagréable et s'adressa à moi sur-le-champ avec les expressions de contentement les plus amicales.

« Ah ! mon petit seigneur, mon petit seigneur ! s'écria-t-il en agitant les bras d'une façon désordonnée et en éclatant de son rire muet ; mon gentil petit ami ! Il est venu me voir ! il est venu, mon chéri ! (Ah ! ça, pensai-je, il ne va pas se mettre à me tutoyer !) Allons, allons dans le jardin. J'y ai trouvé quelque chose. A quoi bon rester enfermés ? Allons ! »

Je suivis Pounine ; cependant je jugeai à propos, arrivé sur le seuil, de me retourner et de jeter un regard de défi à Babourine comme pour dire : Je ne te crains pas !

Il me répondit de la même façon et même il souffla dans son essuie-mains, probablement pour me faire bien comprendre jusqu'à quel point il me méprisait !

« Quel effronté que votre ami ! » dis-je à Pounine aussitôt que la porte se fut refermée derrière moi.

Pounine tourna vers moi son visage avec une expression qui ressemblait à de l'effroi.

« De qui parlez-vous ainsi ? demanda-t-il en écarquillant les yeux.

— Mais, naturellement, de lui… Comment l'appelez-vous ? de ce… Babourine.

— De Paramone Sémionitch?

— Mais oui, de ce... moricaud!

— Eh... eh... eh... dit Pounine avec une expression de reproche caressant, comment pouvez-vous parler ainsi, mon cher petit seigneur? Paramone Sémionitch est un homme très-digne, des principes les plus fermes, un homme tout à fait hors ligne! Certainement, il ne se laisse pas insulter, parce qu'il connaît sa propre valeur. Cet homme possède de hautes connaissances, et il n'est pas à la place qu'il devrait occuper. Il faut être bien poli avec lui, mon chéri... car... — ici Pounine se pencha jusqu'à mon oreille, — c'est un républicain. »

Stupéfait, je regardai Pounine. Je ne m'attendais pas à cela. Dans les manuels de Kaïdanof et dans d'autres livres historiques, j'avais lu qu'à certaines époques de l'antiquité avaient existé des républicains, Grecs et Romains, et même, je ne sais pourquoi, je me les représentais tous en casque, avec un bouclier au bras et de longues jambes nues; mais qu'en chair et en os, à l'époque présente, en Russie surtout, dans le gouvernement de N..., il pût se trouver des républicains... cela renversait toutes mes idées et m'embrouillait complétement.

« Oui, mon mignon, oui; Paramone Sémio-

nitch est un républicain, répéta Pounine ; — vous
voilà prévenu : désormais vous saurez comment
il faut parler d'un tel homme ! — Maintenant,
allons dans le jardin. Imaginez-vous ce que j'y ai
trouvé ? Un œuf de coucou dans un nid de fau-
vette ! Voilà qui est extraordinaire ! »

Je suivis Pounine dans le jardin ; mais mentalement je répétais : Un républicain ! un ré-pu-
bli-cain !

« C'est donc pour cela, me dis-je enfin, qu'il
a la barbe si bleue ! »

Le caractère de mes relations avec chacun de
ces deux êtres, — Pounine et Babourine, — fut
déterminé à partir de ce jour. Babourine éveillait
en moi un sentiment d'inimitié auquel vint se
joindre bientôt après quelque chose qui ressemblait à du respect. Je dirais presque qu'il me faisait peur ; et cette crainte persista même après
que Babourine eut dépouillé dans ses rapports
avec moi l'âpre rudesse des premiers jours. Quant
à Pounine, pas n'est besoin de dire que je ne le
craignais nullement ; je le respectais moins encore ; à parler sans détours, je le considérais
comme un bouffon ; mais je l'aimais de tout mon
cœur. Passer des heures entières auprès de lui,

en tête-à-tête, écouter ses récits, c'était là ma plus vive jouissance. Ma grand'mère blâmait très-fort cette « intimité avec un homme du commun » ; mais, dès que je pouvais m'échapper une minute, j'allais rejoindre mon cher, mon amusant, mon étrange ami.

Nos entrevues devinrent particulièrement fréquentes après le départ de Mlle Friquet, que ma grand'mère renvoya à Moscou pour avoir fait à un de nos hôtes, un capitaine d'infanterie, confidence de l'ennui qu'on éprouvait dans notre maison. Pounine, de son côté, ne se déplaisait pas à ces longs entretiens avec un gamin de douze ans ; loin de là, il les recherchait. Combien de fois j'ai écouté ses histoires, assis auprès de lui sur l'herbe sèche et unie, à l'ombre de peupliers argentés, ou parmi les roseaux de l'étang, sur le sable gros et un peu humide du rivage éboulé, d'où sortaient des racines noueuses, bizarrement entrelacées, semblables à d'énormes veines noires, à des serpents, à des échappés du monde souterrain ! Pounine me racontait sa vie en détail, toutes ses joies, toutes ses peines, et je m'y associais avec tant de sincérité ! Son père était diacre : « le meilleur des hommes ; mais quand il était gris, sévère à en perdre connaissance. »

Pounine avait été élevé au séminaire ; mais,

n'ayant pas voulu supporter les éternelles rossa-
des, et n'éprouvant pas le moindre entraînement
pour l'état ecclésiastique, il s'était fait laïque ; ensuite de quoi il avait passé par toutes sortes de
misères et finalement était devenu vagabond.
« Et si je n'avais pas rencontré mon bienfaiteur
Paramone Sémionitch, » ajoutait ordinairement
Pounine, « j'aurais été plongé dans un gouffre de
calamités, d'infamies et de vices. » Pounine
aimait le style ampoulé, et il avait une forte pro-
pension, non au mensonge, mais aux enjolive-
ments et aux exagérations ; pour lui, tout était
surprenant, la moindre chose le transportait
d'enthousiasme... Et moi, fidèle imitateur, je
me lançai aussi dans l'enthousiasme et l'exagé-
ration.

« Qu'est-ce que ça veut dire ? Je crois que tu es
possédé du démon ! Fais le signe de la croix ! »
me dit un jour ma vieille bonne.

Les récits de Pounine m'intéressaient extrêmement ; mais ce que je préférais encore à ses récits,
c'étaient les lectures que nous faisions ensemble.
Je ne peux pas décrire le sentiment que j'éprouvais, quand, saisissant le moment favorable, il
apparaissait tout à coup devant moi, un lourd
volume sous le bras, semblable aux ermites ou
aux bons génies de la légende, et que, clignant de

l'œil mystérieusement, m'appelant à la dérobée
d'un geste de son long doigt crochu, il m'indiquait de la tête, des sourcils, des épaules, de tout
son corps, l'endroit le plus profond et le plus
fourré du parc, où nul ne pouvait pénétrer après
nous, où il était impossible de nous découvrir...
Enfin, le moment est arrivé. Nous parvenons à
fuir sans être aperçus et à atteindre sans encom-
bre l'une de nos cachettes ; nous voilà assis l'un à
côté de l'autre ; le livre s'ouvre lentement, exha-
lant une délicieuse odeur de moisi et de vé-
tusté.

Avec quel frémissement, avec quelle émotion
d'attente muette je regarde le visage et les lèvres
de Pounine, ces lèvres d'où vont s'échapper de si
beaux discours ! Enfin, la lecture commence !
Tout disparaît autour de nous... ou plutôt tout
semble s'éloigner, tout se fond dans une légère
vapeur, en laissant après soi l'impression de
quelque chose de protecteur et d'amical. — Ces
arbres, ces verts feuillages, ces hautes herbes
nous séparent du reste du monde ; nul ne sait où
nous sommes ni ce que nous faisons ; avec nous
est la poésie qui nous pénètre et nous enivre ;
et quelque chose de grand, de mystérieux, s'ac-
complit là où nous sommes enfouis et cachés...

Pounine avait une passion exclusive pour la

poésie, pour les vers sonores et retentissants. Il
ne les lisait pas, il les déclamait avec emphase,
avec des soubresauts et des pâmoisons, chantant,
râlant, — comme un homme ivre, comme un il-
luminé, comme une pythie !

Il avait encore une autre habitude : d'abord il
murmurait les vers tout bas, à demi-voix, il les
mâchonnait, pour ainsi dire, il appelait cela lire
« au brouillon » ; puis il les lançait « au net »,
d'une voix tonnante, il se dressait brusquement,
les deux mains étendues avec un geste moitié
prière, moitié commandement.

Nous lûmes de cette façon non-seulement Lomonossof, Soumarokof et Kantemir, — plus les
poésies étaient anciennes, plus elles étaient au
goût de Pounine, — mais encore la *Rossiade* (1)
de Khéraskof ! Et, pour parler franc, c'est elle,
la *Rossiade*, qui me plongea dans le ravissement
le plus profond. Il y a là-dedans, entre autres
personnages, une Tatare virile, une héroïne
géante... Maintenant j'ai oublié jusqu'à son nom,
mais alors mes pieds et mes mains se glaçaient
aussitôt qu'il était question d'elle.

« Oui, disait Pounine en hochant la tête d'un
air significatif : Khéraskof ! celui-là ne vous fait

(1) La *Rossiade*, poëme épique dont la versification rocail-
leuse fait penser à Chapelain.

15.

pas de grâce ; parfois il vous lance un petit vers...
qui vous assomme, tout bonnement! Garde à
vous! vous voulez l'attraper, le saisir, et lui, il
est déjà bien loin, et il sonne sa fanfare comme
avec la trompette du jugement dernier! Aussi
a-t-il reçu un nom qui lui convient : Khe...rrras-
kof! »

Pounine reprochait à Lomonossof (1) trop de
simplicité et de sans-façon ; quant à Derjavine (2),
il s'exprimait sur son compte avec une nuance
d'animosité : « C'est un courtisan, disait-il, et
non un barde! »

Dans notre maison, non-seulement on ne faisait aucun cas de la littérature et de la poésie,
mais encore on considérait les vers, — spéciale-
ment les vers russes, — comme chose complète-
ment vide et méprisable ; ma grand'mère ne les
désignait pas sous le nom de vers, mais sous celui
de « rimailleries » ; dans son esprit, tout homme
qui composait de ces rimailleries était nécessai-
rement un ivrogne fieffé ou un parfait imbécile.
Élevé dans de pareilles idées, l'alternative pour
moi était inévitable : je devais me détourner de

(1) Poëte du siècle dernier, fondateur de la littérature
russe.
(2) Autre poëte du dix-huitième siècle ; célèbre lyrique,
auteur de l'*Ode à Dieu.*

Pounine avec dégoût, — d'autant plus qu'il était négligé et malpropre, ce qui choquait mes habitudes de garçon bien élevé, — ou bien, entraîné et subjugué par lui, je devais suivre son exemple et subir la contagion de sa fureur poétique... C'est ce qui arriva. Je me mis aussi à lire des vers ou, comme disait ma grand'mère, à dégoiser des rimailleries ; j'essayai même de composer, et je fis, entre autres choses, une description d'un orgue de barbarie, où se trouvaient les deux vers suivants :

> Le gros cylindre lentement
> Tourne, et ses dents vont s'accrochant.

Pounine loua dans cette description une harmonie imitative assez réussie, mais il blâma le choix du sujet comme trop vulgaire et indigne d'être chanté sur la lyre.

Hélas ! toutes ces tentatives, ces émotions, ces enthousiasmes, nos lectures solitaires, notre vie à deux, notre poésie, tout cela fut anéanti d'un seul coup. Pareil à la foudre, le malheur tomba sur nous soudainement.

Ma grand'mère aimait en tout l'ordre et la propreté, ni plus ni moins qu'un général « exécuteur d'ordres », — ce qui représentait le parfait général à l'époque de l'empereur Nicolas ; —

notre jardin lui-même devait être entretenu avec
ordre et propreté. C'est pourquoi de temps en
temps on y lâchait une troupe de paysans pro-
létaires, de gens de cour trop vieux pour le service ou tombés en disgrâce, et on leur donnait
pour tâche de nettoyer les allées, de sarcler les
plates-bandes, d'ensemencer et d'ameublir la
terre des corbeilles, etc., etc. Un jour, à l'occasion d'un remue-ménage de ce genre, ma grand'-
mère descendit au jardin et m'emmena avec elle.
De tous côtés, à travers les arbres, dans les pelouses, on voyait des chemises de paysans, blanches, rouges, bleues; de tous côtés on entendait
le grincement des pelles qui grattaient, et le bruit
sourd des mottes de terre tombant sur le tamis
oblique. En passant près d'un groupe de travailleurs, ma grand'mère, avec son coup d'œil
d'aigle, remarqua que l'un d'eux mettait moins
d'ardeur à la besogne et qu'il ôtait son chapeau
avec moins d'empressement que les autres.
C'était un garçon tout jeune encore, au visage
amaigri, aux yeux ternes et creux. Son cafetan
de nankin, tout rapiécé et tout en loques, tenait
à peine sur ses épaules étroites.

« Quel est celui-là ? demanda ma grand'mère
à Philippitch, qui la suivait en marchant sur la
pointe des pieds.

— Plaît-il ?... Pardon... Madame désire..? balbutia Philippitch.

— Imbécile ! je te demande qui est celui-là, qui me regarde comme un loup ? Celui-là, tiens, qui ne travaille pas ?

— Celui-là ? ah !... oui, madame... C'est... c'est Ermil... le fils du défunt Paul Afanassief. »

Ce Paul Afanassief avait été, dix ans auparavant, le majordome de ma grand'mère, qui s'était même montrée particulièrement bien disposée pour lui ; mais, subitement tombé en disgrâce, le majordome était non moins subitement devenu bouvier, et de là, continuant sa chute comme une toupie qui dégringole, il avait fini par se trouver exilé dans une des plus pauvres cabanes du village, avec un poud de farine pour tous appointements mensuels, et il était mort de paralysie, laissant sa famille dans une extrême misère.

« Ah! ah! dit ma grand'mère, on voit bien que la pomme ne tombe jamais loin du pommier. Allons, il faudra aussi prendre nos mesures avec celui-ci. Je n'ai pas besoin de ces gens qui vous regardent en dessous. »

Ma grand'mère rentra, et prit ses mesures. Trois heures après, Ermil, complétement « équipé », fut conduit sous la fenêtre de son cabinet. Le malheureux garçon partait pour la Sibérie. De l'autre côté de la haie, à quelques pas de lui, stationnait une pauvre petite télègue de paysan, chargée de son humble avoir. Voilà comment les choses se passaient en ce temps-là !

— Ermil était debout, sans chapeau, la tête basse, pieds nus ; une paire de bottes réunies par un cordon pendait sur son épaule ; son visage, tourné du côté de la maison seigneuriale, n'exprimait ni le désespoir, ni le chagrin, ni même l'étonnement ; un sourire obtus errait sur ses lèvres décolorées ; ses yeux secs, comme racornis, regardaient obstinément le sol.

On annonça à ma grand'mère qu'il était là. Elle se leva du divan, marcha vers la fenêtre, pendant que sa robe de soie faisait un léger froufrou, et, ajustant à son nez un double lorgnon à monture d'or, elle examina le nouvel exilé. Il n'y avait en ce moment dans son cabinet que quatre personnes : le maître d'hôtel, Babourine, le petit Cosaque de service et moi.

Ma grand'mère hocha la tête du haut en bas.

« Madame !... » dit une voix enrouée, presque étranglée.

Je tournai la tête. Le visage de Babourine était tout rouge, ou plutôt violet ; sous ses sourcils froncés avaient soudainement apparu deux petits points clairs et aigus. Pas de doute possible : c'était lui, c'était Babourine qui avait dit : Madame !

Ma grand'mère aussi s'était retournée, et son lorgnon, braqué jusque-là sur Ermil, se dirigea sur Babourine.

« Qui est-ce qui parle ici? » dit-elle d'une voix très-lente, en nasillant.

Babourine fit un léger mouvement en avant.

« Madame, dit-il, c'est moi... qui me suis permis... J'ai supposé... Je me permets de vous faire observer que vous n'avez pas de motifs pour agir... comme vous avez daigné agir tantôt.

— C'est-à-dire? fit ma grand'mère du même ton de voix et sans détourner son lorgnon.

— J'ai l'honneur... continua Babourine en prononçant chaque mot nettement, bien qu'avec un effort visible, — je fais allusion à ce garçon qui est envoyé en Sibérie sans avoir commis la moindre faute. De pareilles mesures, je me permets de le dire, n'aboutissent qu'à des mécontentements... et à d'autres mauvaises conséquences dont le ciel nous préserve! Et elles ne sont rien de plus qu'un abus de l'autorité donnée aux seigneurs propriétaires. »

Ma grand'mère abaissa son lorgnon et se tut quelques instants.

« Où as-tu fait tes études ? dit-elle enfin.

— Plaît-il ? balbutia Babourine surpris.

— Je te demande où tu as fait tes études ? Tu emploies des expressions si savantes !

— Mes études... je les ai faites... » commença Babourine.

Mais ma grand'mère haussa les épaules dédaigneusement.

« Ainsi donc, interrompit-elle, les mesures que je prends ne te plaisent pas ? Cela m'est parfaitement égal ; je peux disposer de mes sujets comme il me plaît, et je n'ai à répondre d'eux devant personne, — mais je ne suis pas habituée à ce qu'on raisonne en ma présence et que les gens se mêlent de ce qui ne les regarde pas. Les savants philanthropes roturiers ne font pas mon affaire ; ce qu'il me faut, ce sont des serviteurs qui ne raisonnent pas. J'ai vécu ainsi jusqu'à ton arrivée, et c'est ainsi que je vivrai après ton départ. Tu ne me conviens pas, je te renvoie. — Nicolas Antonof, dit-elle en s'adressant au maître d'hôtel, fais ton compte avec cet homme ; qu'il ne soit pas ici à l'heure du dîner ! Entends-tu ? Tâche de ne pas me mettre en colère. Et cet autre... imbécile de parasite, son camarade, qu'il parte en même temps. Eh bien, qu'est-ce qu'Ermil attend ? ajouta-t-elle en se retournant vers la

fenêtre. Je l'ai vu. C'est bien. » Elle fit dans la
direction de la fenêtre un geste avec son mouchoir, comme pour chasser une mouche impor-
tune ; puis elle s'assit dans un fauteuil, et, tournant la tête vers nous, dit d'un air sombre :
« Allez-vous-en, tout le monde ! »

Nous sortîmes tous, — tous, à l'exception du
petit Cosaque de service, à qui les paroles de ma
grand'mère ne s'appliquaient pas, car il n'était
pas considéré comme « un homme ».

L'ordre de ma grand'mère fut strictement
exécuté. A l'heure du dîner, Babourine et mon
ami Pounine avaient, l'un et l'autre, quitté la
maison seigneuriale.

Je n'essayerai pas de décrire mon chagrin, mon
véritable désespoir d'enfant. Ce désespoir fut si
grand, qu'il étouffait en moi jusqu'au sentiment
de surprise respectueuse que m'avait inspiré la
courageuse sortie du républicain Babourine.
Celui-ci, après sa conversation avec ma grand'-
mère, se dirigea vers sa chambre et commença
ses préparatifs. Il ne me jugeait pas digne d'un
mot ni d'un regard, bien que je tournasse conti-
nuellement autour de lui, ou, pour parler plus
justement, autour de Pounine.

Pounine avait complétement perdu la tête ; il
ne disait rien non plus, mais il me regardait

16

constamment, et deux larmes brillaient dans ses
yeux, deux larmes, toujours les mêmes, qui ne
coulaient ni ne séchaient. Il n'osait pas juger son
« bienfaiteur », — car Paramone Sémionitch ne
pouvait se tromper en rien, — mais il se sentait
douloureusement oppressé. Nous essayâmes de
lire ensemble, en guise d'adieu, un fragment de
la *Rossiade;* nous allâmes même, pour cela,
nous enfermer au grenier (il ne fallait pas songer
au jardin) ; mais, dès le premier vers, la parole
nous manqua, et je me mis à pleurer comme un
veau, malgré mes douze ans et mes prétentions à
être un homme.

Au moment de se mettre en tarantass, Babourine se décida enfin à me jeter un regard, et,
adoucissant un peu l'expression habituelle de
son visage sévère, il me dit :

« Voilà une leçon pour vous, mon jeune monsieur ; souvenez-vous de ce qui s'est passé aujourd'hui, et, quand vous serez grand, efforcez-
vous de mettre un terme à de pareilles injustices.
Vous avez un bon cœur, votre caractère n'est pas
encore gâté. Prenez bien garde! De telles choses
ne doivent pas être. »

A travers les larmes qui me baignaient abon-
damment le nez, les lèvres, le menton, je bal-
butiai :

« Oui... je m'en souviendrai... Je vous pro-
mets... je le ferai. Soyez tranquille... soyez tranquille ! »

Mais ici Pounine, avec qui je m'étais embrassé
vingt fois (mes joues brûlaient, piquées par sa
barbe mal rasée, et j'étais tout imprégné de son
odeur), — ici Pounine, saisi d'un transport soudain, se dressa sur la banquette du tarantass,
leva les deux mains en l'air et, d'une voix tonnante (où l'avait-il prise ? je n'en sais rien), se
mit à déclamer la célèbre traduction du psaume
de David par Derjavine, barde cette fois et non
courtisan :

Lève-toi, Dieu tout-puissant ! Et jugé
Les dieux de la terre dans leur assemblée.
Jusques à quand, dit le Seigneur, jusques à quand
Protégerez-vous les méchants et les prévaricateurs ?
Votre devoir est de garder la loi...

« Assieds-toi, » lui dit Babourine.
Pounine obéit, mais continua :

Votre devoir est de sauver les innocents du péril,
De donner protection aux malheureux,
De défendre les faibles contre les puissants.

Pounine, arrivé au mot « puissants », allongea
le doigt vers la maison seigneuriale, puis le

fourra dans le dos du cocher assis sur le
siége .

> De délivrer les pauvres de leurs fers !
> Ils **n'**écoutent pas ! Ils voient, et ils ignorent...

En ce moment, Nicolas Antonof apparut au
seuil de la maison, et cria de toute sa force au
cocher :

« As-tu fini de lambiner ? Allons, file ! »

Et le tarantass s'ébranla. Mais, dans l'éloigne-
ment, on entendit encore la voix de Pounine :

> Lève-toi, Dieu, Dieu de justice,
> Viens, juge, écrase les méchants,
> Et sois seul roi de la terre !...

« Quel paillasse ! dit Nicolas Antonof.

— On ne l'a pas suffisamment flagellé quand il
était jeune, » fit observer le diacre, qui apparaissait en ce moment sur le perron.

Le diacre venait savoir quel moment madame
daignerait choisir pour la célébration des vêpres.

Le jour même, ayant appris qu'Ermil se trouvait encore au village et ne devait partir que le
lendemain matin pour la ville, à cause de certaines formalités légales qui avaient pour but de

mettre des bornes à l'arbitraire des seigneurs,
mais qui ne servaient, en fait, qu'à créer aux au-
torités de nouveaux bénéfices, — le jour même,
j'allai à sa recherche, et, faute d'argent, je pré-
parai pour lui un paquet où j'enveloppai deux
mouchoirs, une paire de souliers éculés, un
peigne, une vieille chemise de nuit, et une cravate de soie complétement neuve.

Je trouvai Ermil endormi dans l'arrière-cour,
près d'une télègue, sur une botte de paille ; il me
fallut l'éveiller. Mon présent fut reçu assez froi-
dement, non pas même sans une certaine hésitation ; Ermil ne me remercia même pas ; il remit
sa tête sur la botte de paille, et se rendormit.

Je m'en allai un peu désenchanté. Je m'étais
imaginé qu'il serait surpris et charmé de ma visite, qu'il y verrait un gage de mes généreuses
résolutions pour l'avenir, — et voilà que...

On a beau dire, ces gens-là n'ont pas de sentiment, me disais-je au retour.

Ma grand'mère, qui m'avait laissé tranquille,
— je ne sais pourquoi, — pendant tout le cours
de cette mémorable journée, me regarda d'un air
inquisiteur lorsque, après le souper, je vins prendre congé d'elle.

« Vous avez les yeux rouges, me dit-elle en
français, et vous sentez le paysan. Je ne veux

16.

rien savoir de vos sentiments ni de la manière
dont vous avez employé votre temps, — car je ne
voudrais pas être forcée de vous punir, — mais
j'espère que vous laisserez là toutes ces sottises
et que vous recommencerez à vous conduire
comme il convient à un jeune homme de noble
naissance. Du reste, nous allons bientôt retourner à Moscou, et je vous donnerai un gouverneur, car je vois bien que pour vous mener il faut
une main d'homme. Allez! »

Peu de jours après, nous partions, en effet,
pour Moscou.

II.

(1837)

Sept années s'étaient écoulées. Nous habitions
toujours Moscou, — mais j'étais alors un étudiant
de seconde année, — et l'autorité de ma grand'-
mère, fort affaiblie dans les derniers temps, ne
pesait plus sur moi. Parmi tous mes camarades,
je m'étais particulièrement lié avec un certain

Tarkhof, bon garçon de joyeuse humeur. Nos goûts et nos habitudes s'accordaient. Tarkhof était grand amateur de poésie et écrivait lui-même quelques vers. Chez moi aussi, le grain semé par Pounine n'était pas resté stérile. Comme il arrive chez les jeunes gens qui se lient d'amitié, nous n'avions pas de secrets l'un pour l'autre. Mais voilà tout à coup que, plusieurs jours de suite, j'observai chez Tarkhof une animation, une agitation particulières... Il disparaissait pendant des heures entières, et, ce qui n'était jamais arrivé précédemment, je ne savais pas où il était allé. Au nom de l'amitié, je me préparais à lui demander une confession complète, lorsqu'il me prévint.

Un jour, je me trouvais dans sa chambre :

« Pierre, me dit-il soudain, en rougissant gaiement, et en me regardant bien en face, il faut que je te fasse faire connaissance avec ma muse.

— Ta muse! Quelle singulière façon de s'exprimer! Classique, va! (A cette époque, 1837, le romantisme brillait de tout son éclat.) Est-ce que je ne la connais pas depuis longtemps, ta muse? Tu as fait une nouvelle pièce de vers, hein?

— Tu ne me comprends pas, répliqua Tarkhof en continuant à rire et à rougir. Je veux te faire faire la connaissance d'une muse vivante.

— Ah! vraiment? Mais pourquoi est-elle ta muse, à toi?

— Parce que... Attends, je crois que la voici.»

Le bruit léger de petits talons rapides se fit entendre, la porte s'ouvrit, et sur le seuil parut une jeune fille de dix-huit ans, vêtue d'une robe d'indienne de couleur, un mantelet de drap noir sur les épaules, un chapeau de paille noire sur ses cheveux blonds légèrement ébouriffés. A ma vue, effrayée et confuse, elle battait en retraite, mais Tarkhof courut au-devant d'elle.

« Je vous en prie, Muse Pavlovna, entrez; monsieur est mon ami de cœur, un charmant garçon et très-pacifique. Vous n'avez rien à craindre de lui. Pierre, dit-il en se tournant vers moi, je te présente ma Muse,— Muse Pavlovna Vinogradof, une amie à moi. »

Je saluai.

« Comment... Muse? » fis-je.

Tarkhof se mit à rire.

« Tu ne sais pas que c'est un nom du calendrier? Moi non plus, mon cher, je n'en savais rien avant de faire connaissance avec cette aimable jeune personne. Muse! c'est un nom charmant, et comme il lui va bien! »

Je saluai une seconde fois l'amie de mon ami. Elle avait dépassé le seuil de la porte; elle fit deux pas de plus et s'arrêta. Elle était très-gentille, mais je ne pus tomber d'accord avec Tarkhof, et même je pensai à part moi : Elle! une muse?

Les traits de son visage arrondi étaient fins et délicats; toute sa petite personne, élégante et mignonne, respirait la hardiesse et la fraîcheur de la jeunesse; mais l'incarnation de la muse, dans ce temps, pour moi, et pour bien d'autres, — pour tous les jeunes gens, — devait revêtir une autre forme. Avant tout une muse devait être pâle et couronnée de cheveux noirs. Une expression de hauteur et de dédain, un sourire amer, un regard inspiré, et le « je ne sais quoi » de mystérieux, de démoniaque, de fatal, voilà ce qui était inséparable de la muse, de la muse de Byron qui régnait alors sur les âmes humaines. Rien de semblable ne se voyait sur le visage de la visiteuse. Moins jeune et moins inexpérimenté, j'eusse probablement accordé plus d'attention à ses yeux petits, enfoncés, abrités sous des paupières légèrement enflées, mais noirs comme le jais, brillants et vifs, qualité rare chez les blondes. Dans leur regard rapide, furtif, glissant, pour ainsi dire, j'aurais remarqué, non des penchants poétiques, mais les symptômes d'une âme passionnée jusqu'à l'oubli d'elle-même... — Mais alors j'étais encore très-jeune.

Je tendis la main à Muse Pavlovna, elle ne me donna pas la sienne; sans voir mon mouvement, elle s'assit sur une chaise que lui présentait Tarkhof, mais elle garda son chapeau et son mantelet. Elle était visiblement mal à son aise; ma présence la gênait. Sa respiration était lente et frémissante, comme si elle avait eu de la peine à aspirer l'air.

« Je suis venue pour une minute, Vladimir Nicolaïtch, dit-elle; — sa voix était douce et grave, et cette voix, sur ses lèvres roses, presque enfantines, semblait quelque peu étrange; — mais notre *Madame* n'a pas voulu me donner plus d'une demi-heure. Avant-hier, vous n'étiez pas bien portant... alors j'ai pensé... »

Elle s'arrêta et baissa la tête. Ses petits yeux foncés couraient sans cesse çà et là, sous de blonds sourcils épais et droits. Pendant les chaleurs de l'été, à travers les tiges des hautes herbes sèches, on voit ainsi courir de petits scarabées noirs, agiles et brillants.

« Que vous êtes gentille, Muse, Musette! s'écria Tarkhof. Mais restez, restez encore un peu... Nous allons préparer le thé.

— Non, Vladimir Nicolaïtch! Impossible! Il faut que je parte à l'instant.

« — Reposez-vous au moins un peu. Vous êtes toute rouge... Vous êtes fatiguée.

— Je ne suis pas fatiguée... Ce n'est pas pour cela... Seulement, donnez-moi un autre livre, j'ai fini celui-là. »

Elle tira de sa poche un petit volume déchiré d'une édition moscovite.

« Avec le plus grand plaisir. Eh bien, cela vous a-t-il plu ? *Roslavlef,* ajouta Tarkhof, s'adressant à moi.

— Oui. Seulement il me semble que *Jouri Miloslavski* (1) valait beaucoup mieux. Notre *Madame* est très-sévère au sujet des livres. Elle dit qu'ils empêchent de travailler. Parce que, dans ses idées...

— Mais *Jouri Miloslavski* lui-même ne valait pas *les Tsiganes* de Pouchkine. Eh ! Muse Pavlovna ? interrompit Tarkhof avec un sourire.

— Je crois bien, *les Tsiganes*... Elle s'arrêta tout à coup. Ah ! à propos, Vladimir Nicolaïtch, ne venez pas demain... où vous savez.

— Pourquoi ?

— Cela ne se peut pas.

(1) *Jouri Miloslavski* ou *les Russes en 1612,* roman de Zagoskine, qui eut un énorme succès. Comme pendant à cet ouvrage, l'auteur écrivit *Roslavlef* ou *les Russes en 1812,* roman patriotique.

— Mais pourquoi ? »

La jeune fille haussa les épaules, et subitement, comme si on l'eût poussée, elle se leva de sa chaise.

« Où donc allez-vous, Muse... Musette ? gémit plaintivement Tarkhof. Restez encore !

— Non, non, c'est impossible. » Elle se dirigea vivement vers la porte, saisit le bouton...

« Prenez au moins un livre !

— Une autre fois. »

Tarkhof se précipita vers la jeune fille, mais elle disparut brusquement, et il faillit se cogner le nez contre la porte.

« Un vrai lézard ! » dit-il avec quelque dépit ; et il resta pensif.

Je ne m'en allai point ; il fallait savoir ce que signifiait tout cela. Tarkhof ne fit point de cachotteries. Il me raconta que cette jeune fille était une ouvrière, une couturière ; que trois semaines auparavant il l'avait vue pour la première fois dans un magasin de modes où il était allé commander un chapeau pour sa sœur qui habitait la province ; qu'il en était devenu amoureux dès le premier instant, et que le lendemain il avait eu l'occasion de lui parler dans la rue ; qu'elle-même ne lui paraissait point indifférente à son égard.

« Mais, je t'en prie, ajouta-t-il chaleureusement,

ne va pas t'imaginer quoi que ce soit de mauvais
à son sujet. Jusqu'à présent du moins, il ne s'est
rien passé de semblable entre nous.

— De mauvais ? interrompis-je, je n'en doute
pas ; je ne doute pas davantage que tu n'en sois
très-contrarié ; mais prends patience, mon très-
cher, tout s'arrangera.

— Je l'espère ! fit Tarkhof en riant, — quoique à demi-voix. — Mais vraiment, mon ami,
cette jeune fille, je te dirai que c'est un type, un
des types nouveaux, tu sais. Tu n'as pas eu le
temps de la bien regarder. C'est une petite sauvage. Oh ! sauvage ! Et rétive ! Du reste, c'est
cette sauvagerie qui me plaît en elle. C'est un
signe d'originalité. Mon ami, j'en suis toqué
jusque par-dessus les oreilles ! »

Tarkhof continua à parler de son « objet » et
me lut même le commencement d'une pièce de
vers intitulée : « Ma Muse ». Ses épanchements
ne furent pas de mon goût. Au fond, je l'enviais.
Je le quittai bientôt.

Quelques jours après, il m'arriva de passer
par une des galeries du Gostinnoï-Dvor. C'était
un samedi, il y avait une foule d'acheteurs ; de
partout, au milieu des boutiques, dans la bous-

culade, résonnaient les appels importuns des
marchands. Après avoir acheté ce qu'il me fallait, je ne pensais plus qu'à me défaire de leurs
instances fatigantes, quand je m'arrêtai soudain,
retenu par une force invincible. Dans une épice-
rie je venais d'apercevoir l'amie de mon camarade, Muse, Muse Pavlovna! Je la voyais de
profil, elle semblait attendre quelque chose. Après
une courte hésitation je me décidai à entrer pour
lui parler. Mais à peine avais-je eu le temps de
franchir le seuil de la boutique et d'ôter ma casquette, que je la vis se détourner avec effroi; elle
se rapprocha d'un vieillard couvert d'un manteau
de gros drap, auquel l'épicier pesait une livre de
raisins secs, et le saisit par la main comme pour
réclamer sa protection. A son tour celui-ci se
tourna vers elle, et jugez de mon étonnement!
— Qui reconnus-je en lui? Pounine!

Oui, c'était lui, c'étaient ses yeux rougis, ses
lèvres enflées, son nez pendant et mou. Il avait
même peu changé en ces sept années; à peine
s'était-il un peu alourdi!

« Nicandre Vavilitch! m'écriai-je, vous ne me
reconnaissez pas? »

Pounine, troublé, ouvrit la bouche, me regarda
fixément:

« Je n'ai pas l'honneur... » commençait-il; —

tout à coup il glapit : « Le petit seigneur de Troïtzki (Troïtzki était le nom du bien de ma grand'mère). Est-ce bien le petit seigneur de Troïtzki ? »

Sa livre de raisins secs lui tomba des mains.

« Parfaitement, » répondis-je. Et quand j'eus ramassé l'emplette de Pounine, nous nous embrassâmes.

Il haletait de joie, d'agitation ; il était prêt à pleurer ; il ôta son bonnet, ce qui permit de voir que les dernières traces de cheveux avaient disparu de son « œuf » ; il en tira un mouchoir, se moucha, fourra le bonnet sous son manteau, avec les raisins, le remit sur sa tête, laissa encore tomber ses raisins... Je ne sais quelle figure faisait Muse pendant tout ce temps ; je m'efforçais de ne pas la regarder. Je ne suppose pas que l'agitation de Pounine provînt d'une extrême tendresse pour ma personne, mais sa nature ne pouvait supporter aucun choc inattendu : susceptibilité nerveuse des gens pauvres.

« Venez, venez chez nous, mon ami, balbutia-t-il enfin. Vous ne refuserez pas de visiter notre modeste nid ? Je vois d'après votre uniforme que vous êtes étudiant...

— Refuser ? Comment donc ! mais au contraire, j'en serai enchanté !

— Vous êtes libre en ce moment?

— Complétement libre.

— A la bonne heure! Que Paramone Sémionitch sera content! Aujourd'hui précisément il
revient plus tôt que de coutume, et « Madame » la
laisse sortir aussi le samedi. Mais attendez, je
vous demande pardon, j'ai totalement perdu la
tête; vous ne connaissez pas ma nièce? »

Je me hâtai de répondre que je n'avais pas encore eu le plaisir...

« C'est juste! Où auriez-vous pu la rencontrer?
ma petite Muse?... Remarquez, monsieur, que
cette jeune fille se nomme Muse, et ce n'est pas
un surnom, c'est son nom véritable... Quel présage! Ma petite Muse, je te présente monsieur...
monsieur...

— B..., ajoutai-je.

— B..., répéta-t-il. Petite Muse, fais bien
attention, c'est un excellent jeune homme que tu
as en ta présence. Ma destinée me l'a fait connaître quand il était encore à l'aurore de la vie!
Je te prie de l'aimer et de l'estimer! »

Je fis un profond salut. Muse, rouge comme un
coquelicot, me jeta un rapide regard en dessous,
et baissa aussitôt les yeux.

Ah! pensai-je, tu n'es pas de celles qui pâlissent
dans les circonstances délicates, tu rougis; tu es

dans la catégorie des rageuses ; ceci mérite d'être noté.

« Soyez indulgent, elle n'a pas reçu une éducation à la mode, » fit observer Pounine ; et il sortit de la boutique dans la rue, où Muse et moi nous le suivîmes.

La maison qu'habitait Pounine se trouvait à une assez grande distance du Gostinnoï-Dvor, à savoir à la Sadovaïa. En route, mon ex-maître ès poésie eut le temps de me communiquer bien des particularités relatives à son existence. Depuis notre séparation, Babourine et lui avaient roulé par la sainte Russie, et depuis peu seulement, depuis dix-huit mois, ils avaient trouvé un abri permanent à Moscou. Babourine était parvenu à se placer comme principal commis aux écritures chez un riche marchand-fabricant.

« La place n'est pas de grand rapport, dit Pounine en soupirant ; il y a beaucoup de travail et peu de profits, mais qu'y faire ? Nous sommes heureux de l'avoir telle qu'elle est. J'essaye aussi de gagner quelque chose par des copies ou des leçons, mais jusqu'à présent mes efforts sont restés infructueux. Vous vous souvenez peut-être que mon écriture est ancienne, peu élégante, peu dans le goût de la mode présente ; et pour les leçons, le manque d'habits convenables est un

17.

obstacle considérable. Je crains aussi, en ce qui concerne les leçons de langue russe, de n'être pas au goût mondain, et c'est pourquoi je suis un meurt-de-faim. »

Pounine avait conservé son ancienne habitude de rimer et de parler en termes élevés. A ses propres assonnances, il se mit à rire de son rire muet.

« Tout le monde se précipite vers la nouveauté! Et vous aussi, je suppose, vous avez abandonné les anciens dieux pour servir les nouveaux?

— Et vous, Nicandre Vavilitch, est-il possible que vous continuiez à estimer Khéraskoff? »

Pounine s'arrêta et leva les deux bras au ciel.

« Au plus haut point, monsieur! au plus haut point!

— Et vous ne lisez pas Pouchkine? Pouchkine ne vous plaît pas? »

Pounine leva encore les bras au-dessus de sa tête.

« Pouchkine? Pouchkine est un serpent caché sous les verts rameaux à qui a été donné la voix du rossignol! »

En causant ainsi, nous longions avec précaution les trottoirs de briques, aux rangées inégales, de Moscou, « la ville aux blanches pier-

res », cette même ville de Moscou, où il n'y a
pas une pierre, et qui est loin d'être blanche ; ―
pendant ce temps, Muse marchait tout doucement près de nous, de l'autre côté de Pounine.
En parlant d'elle, je la nommais : votre nièce.
Pounine, après un court silence, se gratta la
nuque et me confia, à mi-voix, qu'il l'appelait
ainsi... seulement pour l'apparence ; qu'elle ne
lui était pas parente du tout ; que c'était une orpheline trouvée et secourue à Voronèje par Babourine ; que lui, Pounine, pourrait l'appeler sa
fille, car il l'aimait mieux qu'une fille véritable-
ment à lui.

Je ne doutai pas que, malgré la précaution
prise par Pounine de baisser la voix, Muse n'en-
tendît parfaitement tout ce qu'il disait ; des
ombres et des rougeurs passaient incessamment
sur son visage ; était-ce de la colère ? de la peur ?
de la honte ? Tout frémissait légèrement en elle :
ses paupières, ses sourcils, ses lèvres et ses minces
narines ; c'était très-gentil, très-amusant et très-
étrange à voir.

Nous atteignîmes enfin le « modeste nid ». En
effet, ce nid était très-modeste. Il consistait en
une maisonnette de bois, à moitié enfoncée dans

la terre, avec un toit de planches déjetées, et quatre petites fenêtres à vitres ternes sur la façade.

Le mobilier de l'appartement était des plus pauvres. Entre les fenêtres, le long des murs, étaient suspendues une douzaine de petites cages d'osier pleines d'alouettes, de serins, de tarins et de chardonnerets.

« Mes sujets! » me dit Pounine avec emphase en me les désignant du doigt.

Nous avions à peine eu le temps d'entrer et de regarder autour de nous, Pounine venait de demander le savomar à Muse, lorsque Babourine entra. Il me parut vieilli beaucoup plus que Pounine, bien que sa démarche fût restée ferme et que l'expression générale de son visage n'eût pas changé; mais il avait maigri, il s'était voûté, ses joues s'étaient enfoncées, et sa noire et épaisse crinière s'était marquée de cheveux blancs. Il ne me reconnut pas, et ne témoigna pas de satisfaction particulière quand Pounine me présenta; ses yeux ne sourirent même pas, il me fit à peine un signe de tête; il me demanda très-sèchement et sans aucune politesse si ma « vieille » vivait encore, et voilà tout.

Il semblait vouloir dire : Tes nobles visites ne me touchent point et ne me flattent pas le moins du monde. Le républicain était resté républicain.

Muse reparut; une petite vieille caduque la suivait avec un samovar mal nettoyé. Pounine se mit à me régaler, en se donnant beaucoup de mouvement; Babourine s'assit à table et appuya sa tête sur ses deux mains en promenant autour de lui un regard fatigué. En prenant le thé cependant, il finit par causer. Il était mécontent de sa position. « Ce n'est pas un homme, c'est un poing fermé, » disait-il de son patron; « les gens qui sont sous ses ordres sont pour lui comme des balayures; mais lui, depuis combien de temps a-t-il quitté son touloupe de paysan? Ce n'est qu'avidité et cruauté. Le servir est encore pis que servir l'État. Et tout notre commerce d'ici ne repose que sur des tromperies et ne se maintient que par là! »

A de si tristes discours, Pounine soupirait d'un air contrit, approuvait du geste, roulait sa tête tantôt de haut en bas, tantôt d'une épaule à l'autre : Muse gardait un silence obstiné... Une idée l'obsédait évidemment : étais-je un bavard ou bien un homme discret? Et si j'étais discret, n'aurais-je pas une arrière-pensée? Ses yeux noirs, vifs, inquiets, semblaient palpiter sous ses paupières à demi fermées. Elle ne me regarda qu'une seule fois, d'un coup d'œil interrogateur, perçant, presque mauvais...J'en éprouvai comme un tressaillement. Babourine lui parlait rarement; mais, toutes les fois qu'il s'adressait à elle, sa voix prenait une expression de caresse sombre qui n'avait rien de paternel.

Pounine, au contraire, passait son temps à la taquiner gentiment; mais elle lui répondait sans bonne grâce. Il l'appelait petite neige, neige mignonne.

« Pourquoi donnez-vous ce nom à Muse Pavlovna? » demandai-je.

Pounine se mit à rire.

« Parce qu'elle est très-froide:

— Elle est raisonnable, interrompit Babourine; c'est ainsi que doit être une jeune fille.

— On peut aussi la nommer notre ménagère, s'écria Pounine. Eh! Paramone Sémionitch? »

Babourine fronça le sourcil.

Muse se détourna. Je ne compris pas alors l'allusion.

Deux heures passèrent ainsi, sans grande animation, bien que Pounine fît de son mieux pour « entretenir l'honorable société ». Par exemple, il s'accroupit devant la cage d'un de ses serins, en ouvrit la porte et commanda : « *Au dôme!* Donne-nous un concert! » Le serin sauta hors de la cage, se posa sur le dôme, c'est-à-dire sur la tête nue de Pounine, et, se tournant de côté et d'autre, les ailes frémissantes, il se mit à chanter de toute sa force.

Pendant toute la durée du concert, Pounine resta immobile, se contentant de battre légèrement la mesure avec le doigt en clignant des yeux. Il me fut impossible de ne pas éclater de rire; mais ni Babourine ni Muse ne partagèrent mon hilarité.

Au moment où j'allais me retirer, Babourine m'adressa une question qui me surprit. Il me pria de lui dire, en ma qualité d'étudiant à l'université, quelle espèce d'homme était Zénon et ce qu'il fallait en penser?

« Quel Zénon ? demandai-je non sans étonnement.

— Zénon, un ancien sage. Est-il possible qu'il vous soit inconnu ? »

Je me rappelais vaguement le nom de Zénon comme fondateur de la secte des stoïciens, mais je ne savais absolument rien de plus à son sujet.

« Mais c'était un philosophe! dis-je enfin.

— Zénon, continua lentement Babourine, est le sage qui a prouvé que la douleur n'est pas un mal, que la patience triomphe de tout, et que, sur la terre, il n'est qu'un bien : l'équité; et que

le bien lui-même n'est pas autre chose que
l'équité. »

Pounine tendait l'oreille avec dévotion.

« C'est un voisin, qui possède beaucoup de
vieux livres, qui m'a communiqué ces détails,
continua Babourine, et cela m'a beaucoup plu;
mais, à ce que je vois, vous ne vous occupez pas
de cet ordre d'idées. »

Babourine avait parfaitement raison; je ne
m'occupais pas de cet ordre d'idées. Depuis mon
entrée à l'Université, j'étais devenu républicain
autant que Babourine lui-même. Je parlais de
Robespierre et de Mirabeau avec un plaisir
infini. Robespierre! Bien mieux! Au-dessus de
mon bureau étaient suspendus les portraits li-
thographiés de Couthon et de Fouquier-Tinville.
Mais Zénon? D'où sortait ce Zénon?

En me disant adieu, Pounine insista beaucoup
pour que je vinsse le lendemain, qui était un dimanche; Babourine ne me fit aucune invitation
et grommela même entre ses dents que cette conversation avec des gens de condition inférieure,
sans usage, ne pouvait pas me donner beaucoup
de plaisir, et que probablement cela déplairait à
ma grand'mère. A ce mot, je l'interrompis et je
lui fis comprendre que je ne craignais plus ma
grand'mère.

« Mais vous n'administrez pas vos biens vous-même ? demanda Babourine.

— Non, répondis-je.

— Eh bien... alors... »

Babourine n'acheva pas sa phrase, mais je la finis intérieurement à sa place.

Alors, je ne suis encore qu'un petit garçon.

« Adieu, » dis-je tout haut.

Et je sortis.

Je me trouvais déjà dans la rue... Soudain Muse sortit en courant de la maison, me fourra dans la main un petit papier tout froissé et disparut aussitôt.

Au premier réverbère, j'ouvris le papier. C'était un billet.

J'eus de la peine à distinguer les lignes légèrement tracées au crayon : « Au nom du ciel, m'écrivait Muse, venez demain après la messe au jardin Alexandre, près de la tour de Koutafia, je vous attendrai; ne me refusez pas, ne faites pas mon malheur, il faut absolument que je vous voie. »

Il n'y avait pas de fautes d'orthographe dans ce billet, mais il n'y avait pas non plus de ponctuation.

Je retournai chez moi fort perplexe.

18

Le lendemain, un quart d'heure avant le moment fixé, j'étais au pied de la tour Koutafia. On
était au printemps, les bourgeons se gonflaient
de séve, l'herbe verdissait, les moineaux pé-
piaient à grand bruit et se battaient dans les rameaux, encore dégarnis, des buissons de lilas.
Tout à coup, à ma grande surprise, j'aperçus
Muse un peu à l'écart, près de la clôture. Elle
m'avait devancé. J'allais me diriger de son côté;
mais elle-même s'avança à ma rencontre :

« Allons vers le mur du Kremlin, dit-elle à
voix basse et vivement, en faisant courir très-
vite ses yeux baissés; ici il y a trop de monde. »

Nous suivîmes le sentier qui montait.

« Muse Pavlovna... » commençais-je.

Mais elle m'interrompit.

« Je vous en prie, dit-elle avec le même chu-
chotement saccadé, ne me jugez pas, n'imaginez
rien de mauvais. Je vous ai écrit, je vous ai
donné rendez-vous, parce que... j'avais peur...
Hier, il m'a semblé, — vous aviez l'air de vous
moquer tout le temps. — Écoutez, ajouta-t-elle
avec un élan soudain, en s'arrêtant et se tournant vers moi, écoutez : si vous parlez avec qui
que ce soit... si vous dites chez qui vous m'avez
rencontrée, je me jette à l'eau, je me noie, je me
fais mourir ! »

En ce moment, pour la première fois, elle leva les yeux et me jeta un de ces regards perçants et scrutateurs que je connaissais déjà.

Elle le ferait comme elle le dit... elle en est bien capable, pensai-je. Mais je me hâtai de répondre :

« Oh! Muse Pavlovna, comment pouvez-vous avoir si mauvaise opinion de moi? Me croyez-vous vraiment capable de trahir un ami et de vous faire du mal? Après tout, il n'y a, que je sache, rien de répréhensible dans vos relations. Au nom du ciel, rassurez-vous! »

Muse m'écoutait sans bouger de sa place et ne levait plus les yeux.

« Il faut encore que je vous dise quelque chose, dit-elle en reprenant sa marche dans l'étroit sentier, — sans cela vous pourriez penser que j'ai perdu l'esprit. Je dois vous dire que ce vieux veut m'épouser.

— Quel vieux? Le chauve? Pounine?

— Non, pas celui-là! l'autre... Paramone Sémionitch.

— Babourine?

— Lui-même.

— Pas possible! Il vous en a fait la proposition?

— Il me l'a faite.

— Mais vous, naturellement, vous avez re-
fusé ?

— Non, j'ai consenti... parce que, dans ce
moment-là, je ne comprenais rien : A présent,
c'est une autre affaire. »

Je frappai dans mes mains : « Babourine —
et vous ! mais il doit avoir près de cinquante ans ?

— Il dit qu'il en a quarante-trois, mais cela
ne fait rien du tout. Quand il n'aurait que vingt-
cinq ans, je ne l'épouserais pas. Comme ce serait gai ! Il passe des semaines entières sans sourire une seule fois ! Paramone Sémionitch est
mon bienfaiteur ; je lui ai de grandes obliga-
tions ; il m'a élevée ; sans lui, je me serais perdue ; je dois le vénérer comme un père... Mais
être sa femme ! il vaudrait mieux mourir ! Oui,
il vaudrait mieux aller tout droit dans la fosse.

— Pourquoi parlez-vous toujours de mort,
Muse Pavlovna ? »

Muse s'arrêta de nouveau.

« Ne dirait-on pas que la vie est si belle ! Votre
ami même, Vladimir Nicolaïtch, je me suis
mise à l'aimer par angoisse et tristesse, — et ce
Babourine avec ses propositions... Pounine, lui,
m'ennuie avec ses vers, mais au moins il ne
m'épouvante pas ; il ne me force pas à lire tous
les soirs l'histoire de Russie de Karamzine, à

l'heure où, de fatigue, ma tête ne tient plus sur
mes épaules! Quel plaisir puis-je avoir dans la
compagnie de ces vieux? Ils me trouvent trop
froide! Le moyen de n'être pas froide — avec
eux! S'ils veulent me contraindre, je m'en irai.
Paramone Sémionitch lui-même passe son temps
à dire : Liberté! liberté! Oui, la liberté pour tous,
et moi dans une prison! Eh bien, moi aussi, je
veux être libre! Je le lui dirai en face. Et si vous
me trahissez, si vous faites la plus petite allusion, — rappelez-vous ce que je vous dis : on
n'entendra plus parler de moi. »

Muse était au milieu du sentier.

« On n'entendra plus parler de moi! » répéta-
t-elle durement. Cette fois non plus, elle ne leva
pas les yeux; elle sentait, semblait-il, qu'en per-
mettant de lire dans son regard, elle se trahirait
et ne pourrait cacher ce qu'elle avait dans l'âme.
Voilà, en effet, pourquoi elle ne levait les yeux
que dans ses moments de colère ou de dépit, et
alors elle les fixait directement sur son interlocuteur. Mais son petit visage si joli et si frais
respirait une résolution inébranlable.

Décidément, pensais-je, Tarkhof avait raison :
cette fille est un nouveau type.

« Vous n'avez rien à craindre de moi, lui dis-
je enfin.

18.

— Vraiment? Même si... Vous m'avez dit
quelque chose tout à l'heure sur nos relations...
Eh bien, même dans le cas... »

Elle s'interrompit.

« Même dans ce cas, vous n'avez rien à craindre, Muse Pavlovna. Je ne suis pas votre juge.
Votre secret est enterré là-dedans. — Je lui mon-
trai du doigt ma poitrine. — Croyez-moi, je sais
apprécier...

— Avez-vous ma lettre sur vous? demanda-
t-elle brusquement.

— Sur moi.

— Où cela?

— Dans ma poche.

— Donnez-la-moi... vite, vite! »

Je trouvai le papier. Muse le saisit de sa petite
main dure et resta un moment immobile devant
moi, comme si elle se fût préparée à me remercier; mais tout à coup elle tressaillit, regarda
autour d'elle et, sans prendre même le temps de
me saluer, s'élança rapidement pour redescendre
le sentier.

Je regardai du coin de l'œil quelle direction
elle allait prendre. Non loin de la tour, j'aperçus
une figure enveloppée dans un grand manteau
espagnol (c'était la mode alors) et je reconnus
sans peine mon ami Tarkhof.

Ah! ah! mon cher, pensai-je, il paraît qu'on t'avait averti, puisque tu faisais le guet autour d'elle...

Je rentrai chez moi en sifflotant.

Le lendemain, je venais à peine de prendre mon thé, quand Pounine fit son apparition chez moi. Il entra d'un air troublé, et se mit à me faire de profonds saluts en regardant autour de lui et en s'excusant de sa prétendue indiscrétion. Je me hâtai de le rassurer. J'avoue à ma honte que je crus Pounine venu pour m'emprunter quelque argent, mais il se borna à me demander un verre de thé avec du rhum, puisque le samovar était encore sur la table.

« Ce n'est pas sans frayeur et sans battements de cœur que je suis venu vous voir, me dit-il en mordant à même son morceau de sucre. Ce n'est pas vous que je crains, mais j'ai peur de votre honorable grand'mère. Mes vêtements aussi me causent de la confusion, comme je vous l'ai déjà dit. »

Pounine passa le doigt sur la couture de son vieux paletot.

« A la maison cela ne fait rien, dans la rue non plus ; mais pour entrer sous les lambris dorés, ma pauvreté m'apparaît, et je me sens rempli d'effroi. »

J'occupais deux petites pièces à l'entresol, et certainement personne n'eût songé à les qualifier de lambris dorés ; mais Pounine parlait sans doute de l'ensemble de la maison de ma grand'-mère, qui du reste ne se distinguait pas non plus par un luxe exagéré. Il me reprocha de ne pas avoir été les voir la veille.

« Paramone Sémionitch vous attendait, me dit-il, bien qu'il assurât que vous ne viendriez point, et Muse vous attendait aussi.

— Comment ! Muse Pavlovna aussi ? demandai-je.

— Elle aussi. Elle est gentille, n'est-ce pas, notre fillette, dites ?

— Elle est très-gentille, » répondis-je.

Pounine essuya son crâne dénudé avec une vélocité extraordinaire.

« C'est une beauté, monsieur, une perle ou même un diamant. Je vous le dis en vérité. »

Il se pencha à mon oreille.

« Elle a aussi du sang noble dans les veines, chuchota-t-il ; seulement, vous comprenez, de la main gauche. On avait mangé du fruit défendu. Eh bien, le père et la mère sont morts, les parents l'ont livrée à l'abandon, c'est-à-dire au désespoir, à la faim, à l'anéantissement ! Mais ici apparaît Paramone Sémionitch, l'ancien, l'illustre sauveur ! Il la prit, la vêtit, la réchauffa ; il a élevé le petit oiseau, et notre joie s'est épanouie comme une fleur ! Je vous le dis, c'est un homme rare, incomparable ! »

Pounine se laissa aller sur le dos du fauteuil et leva les bras au ciel, puis il se pencha derechef en avant et recommença à chuchoter, mais d'une façon encore plus mystérieuse :

« Mais Paramone Sémionitch lui-même... Vous ne savez pas ? lui aussi est de haute origine, — aussi de la main gauche. On dit que son père était un prince régnant de Géorgie, de la race du roi David... Hein ! en si peu de mots, tant de choses ! Le sang du roi David ! Et d'après d'autres indices, l'ancêtre de Paramone Sémionitch serait un certain shah indien Babour Os Blanc ! Cela aussi n'est pas mal, hein ?

— Comment, dis-je, lui aussi, Babourine a été livré à l'abandon ? »

Pounine s'essuya encore le crâne.

« Certainement ! Et même avec plus de cruauté que notre petite reine. Depuis sa première enfance, sa vie n'a été qu'une lutte. Ici, moi, je vous l'avoue, m'inspirant de Roubane (1), j'ai fait un quatrain pour le portrait de Paramone

(1) Roubane, auteur de quatrains à l'imitation de ceux du sire de Pibrac.

Sémionitch. Attendez... que je me rappelle !...
Ah ! voici :

> Dès tes plus tendres ans le destin en furie
> Sur l'abîme des maux a suspendu ta vie !
> Mais dans la sombre nuit plus vif le feu se peint...
> Et du laurier sacré ton front enfin est ceint !!!

Pounine prononça ces vers d'une voix chantante et rhythmée, en appuyant sur les voyelles, comme il convient de dire les vers.

« Voilà donc pourquoi il est républicain ! m'écriai-je.

— Non, ce n'est pas pour cela, répondit Pounine naïvement. Il y a longtemps qu'il a pardonné à son père ; mais il ne peut supporter aucune espèce d'injustice : le chagrin de son prochain ne lui laisse pas de repos ! ».

Je voulais amener la conversation sur ce que j'avais appris de Muse la veille, sur les intentions matrimoniales de Babourine ; mais je ne savais par où commencer. Pounine lui-même me tira d'embarras.

« Vous n'avez rien remarqué ? me demanda-t-il tout à coup en clignant malicieusement de l'œil. Pendant que vous étiez chez nous, vous n'avez rien vu de particulier ?

— Y avait-il donc quelque chose à voir ? » demandai-je à mon tour.

Pounine regarda derrière lui comme pour s'assurer que personne ne nous écoutait.

« Notre jolie Muse sera bientôt une dame
mariée !

— Comment cela ?

— Madame Babourine ! » dit Pounine avec emphase ; et il se frappa plusieurs fois les genoux
avec la paume de la main, en secouant la tête
comme un Chinois de porcelaine.

« Cela ne se peut pas ! » m'écriai-je avec une
feinte surprise.

La tête de Pounine s'arrêta aussitôt, et ses
mains tombèrent inertes.

« Et pourquoi cela ne se peut-il pas ? Permet-
ez-moi de vous le demander

— Parce que Paramone Sémionitch est un père
pour votre demoiselle ; parce qu'une telle diffé-
rence d'âge exclut toute probabilité d'amour, —
du côté de la fiancée.

— Exclut ? interrompit Pounine avec emportement. Et la reconnaissance ? Et la pureté du
cœur ? Et la délicatesse des sentiments ? Exclut !
Daignez seulement réfléchir : il est certain que
Muse est une charmante jeune fille ; mais mériter
l'affection de Paramone Sémionitch, être sa con-
solation, sa compagne, son soutien, son épouse,
enfin ! n'est-ce pas là le comble du bonheur,

même pour une telle jeune fille ? Et elle le comprend ! Exclut ! ! ! Observez, jetez sur eux un regard attentif : en présence de Paramone Sémionitch, Muse est toute pénétrée de vénération, de
crainte et d'enthousiasme !

— Précisément, Nicandre Vavilitch, le mal,
c'est qu'elle soit, comme vous dites, pénétrée
de crainte. On n'a pas peur de ceux qu'on
aime.

— Je ne suis pas d'accord avec vous ! Du tout,
du tout, du tout ! Moi, par exemple, je crois que
personne ne peut plus que moi aimer Paramone Sémionitch, et je... je tremble devant
lui !

— Vous, c'est une autre affaire.

— Pourquoi une autre affaire ? Pourquoi,
pourquoi ? » répliqua Pounine.

Je ne le reconnaissais plus : il était monté, il
était tout en feu, presque en colère, et il ne rimait
plus.

« Non, répétait-il, non, je vois bien que vous
n'avez pas le coup d'œil perçant. Non ! vous ne
lisez pas dans les cœurs ! Non ! non ! »

Je cessai de le contredire, et, pour donner un
autre cours à la conversation, je lui proposai de
lui faire une lecture, en mémoire du passé. Pounine resta quelques instants avant de répondre.

« Des anciens poëtes ? Des véritables ? demanda-t-il enfin.

— Non, des modernes.

— Des modernes ? répéta-t-il d'un air de mé-
fiance.

— De Pouchkine, » répondis-je.

J'avais tout d'un coup pensé aux *Tsiganes,*
cités quelques jours auparavant par Tarkhof. Il
y a justement dans ce poëme une petite chanson
sur un vieux mari. Pounine grogna un peu, mais
je l'installai sur le divan afin qu'il fût plus à l'aise
pour écouter, et je commençai la lecture du
poëme de Pouchkine. Tout marcha d'abord le
mieux du monde ; nous arrivâmes enfin à la
chanson :

> Vieux mari, méchant mari,
> Frappe-moi, brûle-moi.
> Je suis ferme, je ne crains
> Ni le fer ni le feu.

> Je te hais,
> Je te méprise,
> J'en aime un autre,
> Je l'aimerai jusqu'à la mort.

> Frappe-moi, brûle-moi,
> Je ne parlerai pas ;
> Vieux mari, méchant mari,
> Tu ne sauras pas son nom.

19

> Il est plus frais que le printemps,
> Plus ardent qu'un jour d'été;
> Il est jeune et hardi,
> Et comme il m'aime !
>
> Comme je l'ai embrassé
> Dans le silence de la nuit !
> Comme nous avons ri, alors,
> De tes cheveux gris !

Pounine écouta la chanson jusqu'au bout, puis brusquement se leva.

« Je ne peux pas ! dit-il avec une profonde émotion qui me frappa moi-même, excusez-moi : je ne peux écouter plus longtemps les vers de cet écrivain. C'est un pamphlétaire immoral ; c'est un menteur... il me trouble. Je ne peux pas ! Permettez-moi d'abréger ma visite aujourd'hui. »

Je fis tous mes efforts pour décider Pounine à rester ; mais il persista dans son dessein avec une espèce d'obstination mêlée d'effroi ; il répéta à plusieurs reprises qu'il se sentait troublé, qu'il désirait prendre l'air pour se rafraîchir, et, pendant qu'il parlait ainsi, ses lèvres tremblaient, ses yeux évitaient les miens comme si je l'avais offensé. Il sortit en effet là-dessus.

Quelques instants après je sortis à mon tour et je me dirigeai vers le logement de Tarkhof.

Sans demander, avec le sans-gêne accoutumé des étudiants, j'ouvris la porte et j'entrai dans le logement. Il n'y avait personne dans la première pièce. J'appelai Tarkhof par son nom, et, ne recevant pas de réponse, j'allais me retirer, quand la porte de la pièce voisine s'entr'ouvrit, et je vis paraître mon ami. Il me dévisagea d'un air singulier, et me serra la main sans rien dire.

J'étais venu chez lui pour lui rendre compte de tout ce que j'avais appris par Pounine ; et, quoiqu'il me fût facile de m'apercevoir que j'étais arrivé mal à propos, je finis pourtant, après quelques paroles banales, par lui faire part de la résolution de Babourine à l'égard de Muse. Cette nouvelle n'eut pas l'air de l'étonner outre mesure ; il s'assit tranquillement près de la table, me regarda avec beaucoup d'attention, et, toujours muet, donna à ses traits une expression... cette expression qui signifie : « Eh bien ! qu'as-tu à me communiquer ? Expose tes idées ! »

Je regardai, moi aussi, son visage avec attention... Il me parut animé, légèrement railleur, et même tant soit peu impertinent. Mais cela ne m'empêcha pas « d'exposer mes idées » ; au contraire. — Ah ! tu veux faire le brave ! pensai-je : fort bien, je ne te ménagerai pas les vérités ! Et je passai immédiatement à des considérations sur

les inconvénients des entraînements subits, sur le
devoir que nous avons tous de respecter la personne et la liberté d'autrui : — en un mot, je me
lançai dans les exhortations pratiques et mo-
rales.

Pour être plus à mon aise, en discourant ainsi,
je parcourais la chambre de long en large.
Tarkhof, immobile sur sa chaise, m'écoutait sans
m'interrompre ; seulement, il tapotait avec ses
doigts sous son menton.

« Je sais, lui disais-je... (qu'est-ce qui me poussait à lui parler ainsi? je n'en sais rien moi-même :
probablement l'envie, car ce n'était, bien sûr, ni
le désir de lui rendre service, ni ma sévérité de
moraliste), je sais que ce n'est pas une chose légère et de peu d'importance, je sais que tu aimes
Muse et que Muse t'aime ; que ce n'est pas de ta
part une fantaisie passagère... soit, j'y consens
(ici je me croisai les bras sur la poitrine) ; soit, tu
satisferas ta passion ; et puis ? Tu ne l'épouseras
pas, n'est-ce pas ? Et cependant tu détruis le bonheur d'un homme honnête et bon, son bienfaiteur, et, qui sait (ici mon visage exprima à la fois
la pénétration et la mélancolie) ? peut-être le bonheur de celle que tu aimes... »

Etc., etc., etc. ! ! !

Mon éloquence s'épancha de la sorte pendant

un quart d'heure à peu près. Tarkhof continuait à se taire, et ce silence commençait à m'inquiéter. De temps en temps je jetais un coup d'œil sur lui, non-seulement pour voir l'impression produite par mes paroles, mais aussi pour essayer de comprendre pourquoi il restait là comme un sourd-muet, sans approuver ni rétorquer mes arguments.

Il me parut, à la fin, qu'un changement, un changement réel s'opérait sur son visage, qui exprima la gêne, l'anxiété. Mais, chose étrange, ce visage préoccupé ne perdait pas pour cela ce je ne sais quoi d'animé, de riant, de lumineux, qui m'avait frappé dès le premier abord. Je ne savais pas encore si je devais me féliciter de l'effet produit par mon sermon, lorsque soudain Tarkhof se leva, me prit les deux mains et me dit très-vivement :

« Merci, merci ; tu as raison, certainement... quoique, d'un autre côté, on pourrait dire... Au fond, qu'est-ce que c'est que ton fameux Babourine ? Un honnête imbécile, rien de plus ! Tu l'appelles républicain ? C'est un croquemitaine tout bonnement ! Voilà ! Tout son républicanisme consiste à ne pouvoir s'accommoder nulle part.

— Ah ! Tu crois ? Un croquemitaine ! qui ne

19.

peut s'accommoder... — Mais sais-tu, continuai-
je avec une vivacité soudaine, sais-tu, mon cher
Vladimir Nicolaïtch, que de notre temps ne pouvoir s'accommoder nulle part, c'est la preuve
d'une nature noble et droite ! Il n'y a que les gens
futiles, les mauvaises gens, qui peuvent rester
partout et qui s'arrangent avec tout le monde.
— Babourine est un honnête imbécile ! dis-tu.
— Eh quoi ! aimerais-tu mieux un homme d'esprit malhonnête ?

— Tu dénatures le sens de mes paroles, s'écria
Tarkhof. Je voulais t'expliquer seulement comment je comprends ce monsieur. Tu penses que
c'est un oiseau rare ? Pas le moins du monde !
J'ai rencontré aussi des gens de son espèce, dans
ma vie ! — On voit un homme avec un visage
important, il se tait, il s'entête, il se hérisse. —
Oh ! oh ! il doit avoir beaucoup de mérite, en dedans ! Eh bien, il n'a rien du tout en dedans, il
n'a pas une idée dans la tête, — rien que le sentiment de sa propre dignité.

— Eh bien, cela seul est une chose honorable,
répliquai-je. Mais permets-moi de te demander
où tu as pu si bien l'approfondir ? Tu ne le connais pas. Le décrirais-tu d'après... les paroles de
Muse ? »

Tarkhof haussa les épaules.

« Ce n'est pas de lui que nous nous occupons avec Muse. Écoute, ajouta-t-il avec un mouvement impatient de tout son corps, écoute : si Babourine est si honnête et si noble, comment ne s'aperçoit-il pas que Muse ne lui convient nullement ? — De deux choses l'une : ou bien il a conscience qu'il lui impose une sorte de contrainte, au nom de... disons de la reconnaissance, et alors que devient son honnêteté ? ou bien il ne le comprend pas, et alors est-il autre chose qu'un imbécile ? »

Je voulais répondre, mais Tarkhof me reprit les mains et recommença à parler avec précipitation :

« D'ailleurs, certainement... je conviens que tu as raison, mille fois raison... Tu es un ami véritable... Mais pour le moment, laisse-moi, je t'en prie. »

Je fus surpris.

« Te laisser ?

— Oui... Vois-tu, j'ai besoin de bien réfléchir à tout ce que tu viens de me dire. Je ne doute pas que tu n'aies raison, mais laisse-moi.

— Tu es dans une agitation... dis-je.

— Agité, moi ? »

Tarkhof se mit à rire, mais se reprenant aussitôt :

« Oui, naturellement. Comment en serait-il autrement ? Tu dis toi-même que ce n'est pas une plaisanterie. Oui, j'ai besoin de penser à cela... dans la solitude. »

Il continuait à me serrer les mains.

« Adieu, mon ami, adieu.

— Adieu, répétai-je, adieu, mon cher. »

En sortant, je jetai un dernier regard sur Tarkhof. Il avait l'air content. Content de quoi ? De ce que, en ami fidèle, en bon camarade, je lui avais montré le chemin dangereux dans lequel il allait s'engager, — ou bien content de ce que je m'en allais ? Les idées les plus diverses roulèrent dans ma tête tout le long du jour jusqu'au soir, — jusqu'au moment où j'entrai dans la maison de Pounine et Babourine, — car je m'y rendis le même jour. Je dois avouer que certaines expressions de Tarkhof m'étaient entrées jusqu'au fond de l'âme. Je les entendais encore tinter à mes oreilles... En effet, était-il possible que Babourine ne s'aperçût pas que Muse n'était point faite pour lui ?

Mais aussi, est-il permis d'appeler Babourine, — l'abnégation incarnée, — de l'appeler un honnête imbécile ?

Pendant sa visite, Pounine m'avait dit que l'on m'avait attendu chez eux la veille. C'était bien possible, mais ce jour-là personne ne m'attendait. Je les trouvai tous à la maison, et ils furent tous étonnés de me voir. Babourine et Pounine étaient malades tous deux. Pounine avait mal à la tête; il s'était couché en rond sur le poêle de faïence, la tête entourée d'un mouchoir de couleur avec une moitié de concombre salé sur chacune de ses tempes. Babourine souffrait d'un épanchement de bile; tout jaune, presque brun, avec des cercles foncés autour des yeux, le front ridé, la barbe négligée, il n'avait guère l'apparence d'un fiancé! Je voulais me retirer, mais on s'y opposa et même on me fit du thé. Je passai une soirée maussade. Muse, il est vrai, n'était pas malade, elle était même moins sauvage que de coutume; mais elle était évidemment contrariée, de mauvaise humeur... A la fin, ne pouvant plus y tenir, elle me chuchota rapidement en me passant une tasse de thé :

« Vous aurez beau parler, tous vos efforts ne serviront à rien... Voilà! »

Je la regardai avec étonnement, et, profitant d'un moment favorable, je lui dis également à demi-voix :

« Comment entendre vos paroles ?

— Comment ? » répéta-t-elle, et ses yeux noirs qui s'allumèrent d'un éclat méchant sous ses sourcils rapprochés se fixèrent un instant sur les miens, puis se détournèrent. « Cela veut dire que j'ai tout entendu, tout ce que vous avez dit là-bas ce matin, et il n'y a pas de quoi vous remercier, — et vous n'aurez pourtant pas le dernier mot.

— Vous étiez-là ? » fis-je involontairement...

Mais Babourine leva la tête et regarda de notre côté. Muse s'éloigna.

Dix minutes après, elle se retrouva près de moi. On eût dit qu'elle trouvait du plaisir à me parler de choses hardies et dangereuses, et cela en présence de son protecteur, malgré sa surveillance, avec juste assez de précaution pour ne pas éveiller ses soupçons. C'est un fait connu : marcher au bord extrême du précipice... les femmes aiment assez cela.

« Oui, j'y étais, » chuchota Muse, sans changer de visage ; ses narines seules frémissaient, et les coins de ses lèvres se tordaient légèrement. « Oui ; et si Paramone Sémionitch me demande ce que nous chuchotons en ce moment, je le lui dirai tout haut... Ça m'est bien égal !

— Un peu de prudence, lui dis-je. Vraiment, je crois qu'on remarque...

— Puisque je vous dis que je suis prête à tout lui dire ! Et qui donc remarquerait ? L'un allonge son cou de dessus le poêle, comme un caneton malade, il n'entend rien, et l'autre s'occupe de sa philosophie. N'ayez pas peur. »

Muse avait légèrement élevé la voix, et ses joues s'étaient peu à peu couvertes d'une sorte de rougeur mate, la rougeur des sentiments mauvais ; cela lui allait admirablement, elle n'avait jamais été si jolie. En desservant la table, en rangeant les tasses et les soucoupes, elle allait rapidement par la chambre, et il y avait quelque chose de provoquant dans sa démarche hardie et légère. — Pensez de moi ce que vous voudrez, semblait-elle dire, je suis ce que je suis, et je n'ai pas peur de vous.

Je ne peux nier que Muse ne me parût adorable ; ce soir-là précisément. Oui, me dis-je, cette méchante est un type nouveau... C'est délicieux ! Ces mains mignonnes peuvent frapper au besoin. Le grand malheur, après tout !

« Paramone Sémionitch ! s'écria-t-elle tout à coup ; la république, c'est un empire où chacun fait ce qu'il veut, n'est-ce pas ?

— La république n'est pas un empire, répondit Babourine en levant la tête et en fronçant le sourcil ; c'est une sorte d'organi-

sation où tout est basé sur la loi et sur l'é-
quité.

— Alors, reprit Muse, en république personne
ne peut contraindre son prochain ?

— Personne.

— Et chacun est libre de disposer de soi ?

— Oui.

— Ah !... c'est tout ce que je voulais savoir.

— Pourquoi demandes-tu cela ?

— Parce que je voulais le savoir. Il fallait que
vous me le disiez.

— Notre demoiselle aime à s'instruire, » fit
observer Pounine de son poêle.

Quand je sortis, Muse m'accompagna dans
l'antichambre, non pas par politesse, bien entendu, mais par bravade. Je lui demandai en
guise d'adieu :

« Est-il possible que vous l'aimiez tant ?

— Je l'aime ou je ne l'aime pas, c'est *mon* affaire, répondit-elle ; ce qui doit être sera.

— Soyez prudente, ne jouez pas avec le feu, on
se brûle.

— Mieux vaut brûler que geler. Et vous...
avec vos conseils ! Et que savez-vous s'il ne m'é-
pousera pas ? Et qui vous a dit que je veuille absolument me marier ? Eh bien, si je me perds...
qu'est-ce que cela peut vous faire ? »

Elle referma brusquement la porte derrière moi.

Je me souviens qu'en m'en allant, je pensais, non sans un certain plaisir, que peut-être mon ami Vladimir Tarkhof aurait maille à partir... hélas! hélas! très-fortement, avec ce « nouveau type ». Il lui fallait bien payer son bonheur de quelque façon!

A mon grand dépit, je ne pouvais douter qu'il ne dût être heureux.

Trois jours s'étaient écoulés. J'étais assis chez moi devant mon bureau, et je travaillais beaucoup moins que je ne songeais à déjeuner, lorsque j'entendis un frôlement; je levai la tête, et je restai pétrifié. Devant moi, immobile, blanc comme la craie, effrayant, se tenait une sorte de spectre... C'était Pounine. Ses yeux aux paupières contractées, me regardaient en clignant lentement; ils exprimaient un effroi stupide, une terreur de lièvre, et ses bras pendaient inertes.

« Nicandre Vavilitch! Qu'avez-vous? Comment vous trouvez-vous ici? Personne ne vous a vu? Qu'est-il arrivé? Mais parlez donc.

— Enfuie!... fit Pounine d'une voix qui n'était qu'un murmure enroué, presque insaisissable.

— Que dites-vous?

20

— Elle s'est enfuie, répéta-t-il.

— Qui ?

— Muse. Elle est partie cette nuit, et elle a laissé une lettre.

— Une lettre ?

— Oui. « Je vous remercie, dit-elle, mais je ne reviendrai pas. Ne me cherchez pas ! » Nous avons été partout, nous avons interrogé la cuisinière, elle ne sait rien. Je ne peux pas parler plus haut, excusez-moi. J'ai la voix cassée.

— Muse Pavlovna vous a quittés ! m'écriai-je. Est-il possible ! M. Babourine doit être au désespoir. Que va-t-il faire à présent ?

— Il ne va rien faire du tout. Je voulais courir chez le général gouverneur, il me l'a défendu. Je voulais prévenir la police, il me l'a défendu, et même il s'est mis en colère. Il dit qu'elle est libre. Il dit qu'il ne veut pas la contraindre. Il est même allé à son bureau. Seulement, comme vous pouvez le penser, il n'a plus figure humaine. Il l'aimait bien ! Oh ! oh ! nous l'aimions bien tous les deux ! »

Ici seulement Pounine prouva qu'il n'était pas empaillé ; il leva les deux poings au-dessus de sa tête et les laissa retomber sur son crâne luisant comme l'ivoire.

« Ingrate ! gémit-il, qui t'a nourrie, abreuvée,

sauvée, élevée, vêtue, chaussée ? Qui s'est occupé
de toi toute sa vie, de toute son âme ?... Et tu as
tout oublié ! M'abandonner, moi, ce n'est pas
là une affaire, mais Paramone Sémionitch, Paramone... »

Je le priai de s'asseoir et de se reposer.

Pounine secoua la tête.

« Non, non, dit-il ; je suis venu ici, je ne sais
pas pourquoi. Je suis comme un insensé : tout
seul à la maison, — j'ai peur ! Je ne sais où me
mettre. Je me place au milieu de la chambre, je
ferme les yeux et j'appelle : Muse, ma petite
Muse ! On deviendrait fou à ce métier-là ! Mais
non, pourquoi est-ce que je mens ? Je sais pourquoi je suis venu. Vous m'avez lu l'autre jour
cette chanson trois fois maudite, vous savez... où
il est question du vieux mari ? Pourquoi avez-
vous fait cela ? Ou bien vous saviez alors... ou
vous l'aviez deviné ? — Pounine me regarda. —
Mon père, mon père Pierre] Pétrovitch, s'écria-
t-il soudain tout tremblant, — vous savez peut-
être où elle est ? Mon Dieu ! chez qui peut-elle
être ? »

Je perdis contenance et je baissai involontairement les yeux.

« Est-ce que dans sa lettre elle vous dit... ?

— Elle nous dit qu'elle s'en va parce qu'elle en

aime un autre. Mon père, mon pigeon chéri, vous savez sûrement où elle est ! sauvez-la ! Allons la chercher, nous la persuaderons. Pensez un peu à l'être qu'elle a tué ! » — Pounine rougit tout à coup, tout son sang se précipita à la tête, il tomba lourdement sur ses genoux. — « Sauvez-nous, mon bienfaiteur, allons la chercher ! »

Mon domestique, qui entrait, resta interdit sur le seuil.

Nous eûmes beaucoup de peine à remettre Pounine sur ses pieds, et à lui expliquer que, même si j'avais deviné quelque chose, il était impossible d'agir à la légère, et surtout tous deux ensemble ; que cela ne ferait que gâter les choses, et que j'étais prêt à tout essayer, mais sans répondre de rien. Pounine ne me fit aucune objection ; il ne m'écoutait même pas, et de temps en temps il répétait de sa voix brisée :

« Sauvez-les, sauvez-la, sauvez Paramone Sémionitch ! »

Enfin il se mit à pleurer.

« Dites-moi au moins une chose, demanda-t-il, *il* est beau, n'est-ce pas, et jeune ?

— Il est jeune, répondis-je.

— Jeune, répéta Pounine en tâchant d'essuyer ses larmes et les étalant sur ses joues. Et elle est jeune aussi... voilà la cause de notre souci... »

Cette rime était venue par hasard : le pauvre Pounine n'avait pas l'esprit à la poésie. J'aurais donné bien des choses pour entendre encore ses discours aux amples périodes, ou tout au moins son rire presque muet... Hélas ! ces discours étaient finis à jamais, — je n'entendis plus ce rire. Je lui promis d'aller le voir dès que je saurais quelque chose de positif... cependant je ne nommais pas Tarkhof. Pounine s'était subitement affaissé sur lui-même.

« Bien, bien, monsieur ; je vous remercie, monsieur, dit-il avec une piteuse grimace, en employant une formule de politesse dont il n'avait pas l'habitude : seulement ne dites rien à Paramone Sémionitch, monsieur, je vous en prie, monsieur, car il se fâcherait... En un mot, il me l'a défendu. Adieu, monsieur ! »

Pounine s'en alla ; comme il me tournait le dos, il me parut si chétif, que j'en fus tout surpris ; il boitait des deux jambes et fléchissait à chaque pas.

Triste affaire ! *Finis !* pensai-je.

Bien que j'eusse promis à Pounine de chercher des nouvelles de Muse, en allant ce jour-là chez Tarkhof, je n'avais pas le moindre espoir

20.

d'apprendre quoi que ce fût, car j'étais persuadé
que je ne le trouverais pas chez lui, ou qu'il ne
me recevrait pas. Mes pressentiments ne se trou-
vèrent pas justifiés. Je trouvai Tarkhof chez lui,
il me reçut et j'appris même tout ce que je voulais savoir, mais cela ne me servit à rien du tout.
Aussitôt que j'eus franchi le seuil de sa porte,
Tarkhof vint à moi, vivement, d'un air résolu;
ses yeux brillants, pleins de feu, éclairaient joyeu-
sement son visage embelli; il me dit d'un air
hardi et ferme :

« Écoute, mon ami Pierre! Je devine ce qui
t'a fait venir et ce que tu veux me dire, mais je
te préviens que si tu me dis un seul mot d'elle,
de sa conduite ou de ce que, d'après toi, me commande la raison, nous ne sommes plus amis,
nous ne sommes plus même de simples connaissances, et je te prierai de te conduire envers moi
comme envers un étranger. »

Je regardai Tarkhof; il frémissait de la tête
aux pieds d'une sorte de frémissement intérieur,
comme une corde fortement tendue; il vibrait, il
résonnait tout entier; il avait peine à contenir les
élans de son sang, qui bouillonnait de jeunesse
et de fougue; le bonheur dans sa force, dans son
allégresse, avait envahi son âme et le possédait
tout entier.

« C'est une résolution inébranlable? dis-je tristement.

— Inébranlable, mon ami Pierre.

— En ce cas, il ne me reste plus qu'à te dire : Adieu ! »

Ses paupières palpitèrent légèrement. Il avait l'air de nager dans la félicité.

« Adieu, mon ami Pierre ! » dit-il en nasillant un peu, pendant qu'un franc sourire découvrait gaiement ses dents blanches.

Que me restait-il à faire? Je le laissai à son « bonheur ».

Au moment où je fermais la porte, j'entendis l'autre porte de la chambre se fermer aussi.

Je n'avais pas le cœur léger le lendemain en me dirigeant vers la maison de mes malheureux amis. J'espérais secrètement — faiblesse humaine! — que je ne les trouverais pas chez eux, et je fus encore trompé. Ils étaient tous deux à la maison. Le changement qui s'était opéré en eux depuis trois jours eût frappé le premier venu. Pounine était tout pâle et tout enflé. Qu'était devenu son verbiage? Il parlait lentement, faiblement, de la même voix enrouée; il avait l'air surpris et confondu. Babourine, au contraire, était ratatiné et noirci : naturellement taciturne, il ne faisait plus entendre maintenant que de rares monosyllabes. L'expression d'une sévérité rigide s'était fixée sur ses traits.

Je sentais qu'il m'était impossible de ne rien dire ; mais que dire, alors ? Je me bornai à chuchoter à Pounine : « Je n'ai rien appris et je vous conseille de renoncer à toute espérance. » Pounine me regarda de ses yeux rouges et gonflés, — c'était la seule trace de rouge qui fût restée sur son visage, — il balbutia quelque chose d'inintelligible et s'écarta en boitant. Babourine devina probablement de quoi il était question entre nous, et, entr'ouvrant ses lèvres serrées, collées pour ainsi dire, il parla d'une voix lente :

« Monsieur ! depuis votre dernière visite, il nous est arrivé un désagrément : notre pupille, Muse Pavlovna Vinogradof, n'ayant plus pour agréable de vivre avec nous, s'est décidée à nous abandonner en nous laissant à ce sujet une déclaration écrite. Ne nous reconnaissant pas le droit de la contraindre, nous l'avons laissée libre d'agir à son gré ! Nous désirons qu'elle s'en trouve bien, — ajouta-t-il non sans effort, et nous vous prions instamment de ne pas nous parler d'elle, puisque de telles conversations sont inutiles et même irritantes. »

Lui aussi, comme Tarkhof, m'interdit de lui parler de Muse, pensai-je, et je ne pus me défendre de quelque admiration. Ce n'est pas pour rien qu'il appréciait si bien Zénon! J'aurais voulu lui parler de ce sage, mais ma langue s'y refusa, et elle fit bien.

Je sortis au bout d'un instant. En se séparant de moi, ni Pounine ni Babourine ne me dirent au revoir! Tous deux dirent ensemble : Adieu! Pounine me rendit même un numéro du *Télégraphe* (1) que je lui avais apporté, comme pour dire : Qu'ai-je besoin de cela désormais?

La semaine suivante, je fis une singulière rencontre. Le printemps était venu, soudain, précoce; à midi, la chaleur atteignait jusqu'à dix-huit degrés; tout verdissait et jaillissait hors de la terre humide et molle. Je louai au manége un cheval de selle et j'allai me promener hors de la ville, à la montagne des Moineaux. En chemin je rencontrai une télègue attelée d'une paire de fougueux chevaux de Viatka éclaboussés jusqu'aux oreilles, aux queues tressées, aux crinières mêlées de rubans rouges. Le harnais des chevaux était un harnais de fantaisie orné de plaques de cuivre et de glands; un élégant cocher

(1) Revue importante qui, à cette époque, représentait le mouvement romantique et libéral en Russie.

revêtu d'un pardessus bleu sans manches et
d'une chemise de soie orange, coiffé d'un chapeau bas de feutre noir, entouré de plumes de
paon, dirigeait cet attelage.

A ses côtés était assise une jeune fille de la
classe ouvrière ou marchande, vêtue d'un petit
paletot de soie brochée d'or couleur « gorge de
pigeon », coiffée d'un grand foulard bleu ; elle se
mourait de rire. Le cocher riait aussi. Je faisais
ranger mon cheval de côté, sans accorder d'ailleurs une attention spéciale à cette apparition
fugitive et joyeuse, lorsque soudain le jeune
homme excita ses chevaux. C'était la voix de
Tarkhof. Je regardai plus attentivement ; c'était
bien lui, cet élégant cocher, et près de lui,
n'était-ce pas Muse ?

Mais en ce moment les chevaux s'emportèrent
et je ne vis plus rien. Je voulus mettre mon cheval au galop pour les rattraper, mais c'était une
vieille rosse de manége, avec ce qu'on appelle
une allure de général : au galop elle allait encore
plus lentement qu'au trot.

« Amusez-vous, mes bons amis ! » grondai-je
entre mes dents.

Il faut dire que je n'avais pas vu Tarkhof de
toute la semaine, bien que je me fusse présenté
trois fois chez lui. Il n'était jamais à la maison.

Je n'avais pas vu non plus Pounine et Babourine.... mais je n'étais pas allé chez eux.

J'avais pris froid à cette promenade ; il faisait
chaud cependant, mais le vent était vif. Je tombai dangereusement malade, et, à peine rétabli,
je partis avec ma grand'mère pour la campagne,
afin de me mettre au vert, d'après l'ordonnance
du docteur. Je ne revins plus à Moscou. A l'au-
tomne, je passai à l'Université de Saint-Pétersbourg.

III.

(1849)

Ce n'est plus sept années, mais douze, cette
fois, qui s'étaient écoulées, et je venais d'atteindre ma trente-deuxième année. Ma grand'-
mère était morte depuis longtemps. J'habitais
Pétersbourg en qualité d'employé au ministère
des affaires étrangères. J'avais perdu Tarkhof de
vue ; il avait pris du service militaire, et se trouvait presque constamment en province. Nous

nous étions rencontrés deux fois amicalement, avec plaisir, mais nos causeries n'avaient pas eu trait au passé : à l'époque où je le retrouvai, je crois me rappeler qu'il était déjà marié.

Par un jour brûlant d'été, maudissant et les devoirs de service qui me retenaient à Pétersbourg, et la chaleur étouffante de la ville, et la puanteur et la poussière, je suivais la rue Gorokhovaïa. Un convoi funèbre me barra le chemin; il consistait seulement en un corbillard vermoulu sur lequel, grossièrement cahoté par les secousses du pavé inégal, se voyait un misérable cercueil de bois, à demi recouvert d'un drap noir râpé. Un vieillard à tête blanche suivait tout seul le corbillard.

Je le regardai... Ce visage m'était familier. Il me regarda aussi... Mon Dieu! c'était Babourine!

J'ôtai mon chapeau, j'allai à lui, je me nommai, et je me mis à marcher à son côté.

« Qui enterrez-vous? lui demandai-je.

— Nicandre Vavilitch Pounine, » répondit-il.

J'avais pressenti, je savais d'avance qu'il allait prononcer ce nom, et pourtant mon cœur se serra. Je fus affligé, et content cependant que le hasard me permît de rendre les derniers devoirs à mon vieux maître en poésie...

« Puis-je vous accompagner, Paramone Sémionitch?

— Oui... J'étais seul à le conduire, nous serons deux. »

Nous marchâmes pendant plus d'une heure. Mon compagnon de route allait sans lever les yeux, sans desserrer les lèvres. Il avait fini de vieillir depuis l'époque où je l'avais vu pour la dernière fois; son visage cuivré, creusé de rides, se détachait durement sur ses cheveux blancs. Les traces d'une vie rude et laborieuse, d'une lutte perpétuelle, se retrouvaient dans toute la personne de Babourine : il était évidemment rongé par la misère et le besoin.

Quand tout fut fini, quand ce qui avait été Pounine fut enseveli pour jamais dans la terre humide, — oui, vraiment humide, — de ce marais qu'on nomme le cimetière de Smolensk, Babourine, après être resté deux minutes la tête inclinée et découverte devant le récent monticule d'argile sablonneuse, tourna vers moi son visage émincé, farouche, pour ainsi dire, aux yeux secs et creusés, et me remercia d'un air sombre. Il voulait s'éloigner, je le retins.

« Où demeurez-vous, Paramone Sémionitch? Permettez-moi d'aller vous voir. J'ignorais complétement que vous fussiez à Pétersbourg.

21

Nous parlerons du passé, de notre défunt ami. »

Babourine fut un instant avant de répondre.

« Il y a trois ans que j'habite Pétersbourg, dit-il enfin, je loge tout à fait à l'autre bout de la ville. Au demeurant, si vous désirez vraiment me voir, venez. » Il me donna son adresse. — «Venez le soir; le soir nous sommes toujours chez nous... tous les deux.

— Tous les deux?

— Je suis marié. Ma femme ne se porte pas bien aujourd'hui, c'est pour cela qu'elle n'a pas accompagné le défunt. Du reste, c'est assez d'un pour accomplir cette cérémonie, cette vaine formalité. Qui est-ce qui croit à tout cela? »

Ces paroles de Babourine me causèrent quelque étonnement ; cependant je ne dis rien ; je pris un drochki et j'offris à Babourine de le reconduire chez lui, mais il refusa.

Le soir même j'allai le voir. Tout le long du chemin je pensai à Pounine. Je me rappelai notre première rencontre, et combien il était enthousiaste et amusant dans ce temps-là ; puis, combien à Moscou il avait baissé, surtout dans notre dernière entrevue ; et voilà qu'il avait tout à fait terminé son compte avec la vie ; c'est qu'elle ne plaisante pas, elle !

Babourine habitait, sur la rive droite de la Néva, une petite maison qui me rappela leur nid de Moscou ; la maison de Pétersbourg était peut-être encore plus pauvre. Quand j'entrai dans sa chambre, il était assis dans un coin sur une chaise, les deux mains affaissées sur ses genoux ; un pauvre bout de chandelle éclairait faiblement sa tête blanche inclinée. En entendant mon pas il tressaillit, et me fit meilleur accueil que je n'avais espéré. Quelques instants après, sa femme entra, et je reconnus aussitôt Muse. Je compris alors pourquoi Babourine m'avait engagé à venir : il voulait me montrer qu'il avait fini par atteindre son but.

Muse avait beaucoup changé ; son visage, sa voix, ses mouvements, ses yeux surtout n'étaient plus les mêmes. Autrefois ils couraient toujours, ces beaux yeux méchants ; les regards qu'ils jetaient à la dérobée, aussi vifs que rapides, piquaient comme une aiguille.

Maintenant ce regard était droit, lent, fixe et comme émoussé. Ses prunelles noires s'étaient ternies. Je suis brisée, je suis humble, je suis bonne, semblaient dire maintenant ces yeux. Son sourire constant et soumis disait la même chose. Sa robe aussi était d'une teinte modeste, brune, semée de petits pois blancs. Elle vint à moi la première et me demanda si je la reconnaissais. Évidemment elle n'éprouvait point de confusion, non qu'elle eût perdu la mémoire ou le sentiment de la honte, mais simplement parce que toute vanité l'avait quittée. Muse parla beaucoup du défunt Pounine ; elle parla d'une voix égale et refroidie comme le reste.

J'appris que, dans les dernières années, il était devenu tout à fait infirme ; il était presque tombé en enfance au point qu'il s'ennuyait quand il n'avait pas quelque poupée ; on lui avait dit, pour lui faire plaisir, que ces poupées, qu'il faisait lui-même avec des chiffons, se vendaient très-bien, et cela lui suffisait. Sa passion pour la poésie avait pourtant survécu, et il ne lui était resté de mémoire que pour les vers ; quelques jours avant sa mort, il déclamait la *Rossiade ;* en revanche, il craignait Pouchkine comme les enfants craignent le loup. Son attachement pour Babourine n'avait pas diminué non plus ; il lui avait conservé le même culte ; et, envahi déjà par les ombres et le froid de la mort, il balbutiait encore d'une langue engourdie : « Mon bienfaiteur ! »

Muse m'apprit aussi que bientôt après les événements de Moscou, Babourine avait recommencé à errer par la Russie, en passant d'une place à une autre ; qu'il était venu à Pétersbourg, toujours comme employé dans un bureau, mais que depuis quelques jours il avait été forcé de renoncer à cette occupation à cause de quelques désagréments avec son patron ; Babourine avait eu la mauvaise idée de prendre le parti des ouvriers... Le sourire perpétuel de Muse qui accompagnait toutes ses paroles me faisait faire de tristes réflexions, et me confirma dans l'impression qu'avait produite sur moi l'apparence extérieure de son mari. Ils gagnaient durement leur pain quotidien, cela était hors de doute. Pour lui, il se mêlait peu à notre entretien, il paraissait encore plus préoccupé que triste. Quelque souci le rongeait.

« Paramone Sémionitch, voulez-vous venir ? dit la cuisinière en paraissant subitement sur le seuil.

— Qu'y a-t-il ? que faut-il ? dit Babourine avec agitation.

— Venez, s'il vous plaît, » répéta la cuisinière avec une insistance significative.

Babourine se boutonna et sortit.

Quand Muse se trouva seule avec moi, elle me jeta un regard un peu changé, et se mit à me

21.

parler d'une voix un peu changée aussi, sans sourire.

« Je ne sais pas, me dit-elle, ce que vous pensez de moi, Pierre Pétrovitch, mais je suppose que vous n'avez pas oublié ce que j'étais : présomptueuse, gaie... et pas bonne ; je voulais vivre à ma guise. Eh bien, écoutez ce que je vais vous dire. Lorsqu'on m'eut jetée là, et que j'étais comme perdue ; quand j'attendais que Dieu débarrassât de moi la terre, ou que j'eusse moi-même le courage d'en finir... comme à Voronéje, je me retrouvai face à face avec Paramone Sémionitch, et il me sauva pour la seconde fois. Je n'ai pas entendu sortir de sa bouche une parole blessante, pas un reproche. Il n'a rien exigé de moi, je ne le méritais pas ; mais il m'aimait et je suis devenue sa femme. Que pouvais-je faire d'autre ? Je n'avais pas eu la chance de mourir, j'avais essayé de vivre à ma guise, cela ne m'avait pas réussi... Que devenir ? et cela même était encore une grâce. Voilà tout. »

Elle se tut, se détourna un instant, et le même sourire soumis reparut sur ses lèvres. « Ne me demandez pas si la vie m'est facile ! » me semblat-il lire dans ce sourire nouveau.

La conversation tomba sur des sujets ordinaires. Muse me raconta que Pounine avait laissé un chat qu'il aimait beaucoup, et que depuis sa mort ce chat était monté au grenier, où il était resté à miauler, comme s'il appelait quelqu'un... Les voisins en avaient grand'peur et s'imaginaient que l'âme de Pounine était passée dans ce chat.

« Paramone Sémionitch me semble préoccupé ? dis-je enfin.

— Vous l'avez remarqué ? (Muse soupira.) Il ne peut en être autrement. Il est inutile de vous dire que Paramone Sémionitch est resté fidèle à ses convictions... L'état actuel des choses ne pouvait que le fortifier dans sa manière de voir. (Muse s'exprimait tout autrement que jadis, à Moscou ; son langage avait pris une teinte littéraire.) Du reste, je ne sais si je peux me fier à vous, et comment vous prendrez...

— Pourquoi supposez-vous qu'on ne puisse pas se fier à moi ?

— Mais vous êtes au service de l'État...

— Eh bien ?

— Alors, vous êtes dévoué au gouvernement ! »

Mentalement, j'admirai... la naïveté de Muse.

« Pour ce qui est de mes rapports avec le gouvernement, qui ne soupçonne même pas mon existence, je ne m'étendrai pas là-dessus ; mais vous pouvez être sans inquiétude, je ne ferai pas mauvais usage de votre confiance. Je partage les convictions de votre mari... plus que vous ne pensez. »

Muse secoua la tête.

« Oui, très-bien, fit-elle, non sans hésitation ; mais voici ce que c'est. Les convictions de Paramone Sémionitch seront peut-être bientôt appelées à se traduire en action. Elles ne peuvent plus rester sous le boisseau. Il a des compagnons dont il ne peut plus se séparer... »

Muse s'arrêta subitement comme si elle s'était mordu la langue. Ses dernières paroles m'avaient surpris et un peu effrayé ! Mon visage exprimait probablement mes impressions, — et Muse s'en était aperçue. J'ai déjà dit que ceci se passait en 1849. Beaucoup se rappellent encore combien ces temps étaient troublés et difficiles, et quels événements les marquèrent à Saint-Pétersbourg. J'avais été frappé, en effet, de quelques singularités dans les manières et dans les allures de Babourine. Deux fois il avait parlé des actes du gouvernement, de certains personnages haut placés, avec tant d'amertume, de haine et de répulsion, que je m'étais senti tout perplexe.

« Eh bien, m'avait-il demandé tout à coup, avez-vous affranchi vos paysans ? »

Je fus forcé de convenir que non.

« Mais votre grand'mère est morte, je suppose ? »

Je fus également forcé d'en convenir.

« Ah ! ah ! voilà ce que c'est ; vous autres, messieurs les nobles, avait murmuré Babourine entre ses dents... vous aimez bien qu'on vous tire les marrons du feu... »

A l'endroit le plus apparent de sa chambre était suspendue une lithographie bien connue, représentant Bélinski, le grand critique de ce temps-là. Sur la table il y avait un vieux petit volume, *l'Étoile polaire*, de Bestoujef (1).

Babourine tardait à revenir. Muse regardait souvent avec inquiétude la porte par laquelle il était sorti. Enfin, n'y tenant plus, elle s'excusa et sortit par la même porte. Au bout d'un quart d'heure, elle revint avec son mari. Leurs visages me parurent exprimer le trouble. — Tout à coup la figure de Babourine prit une expression exaspérée, presque frénétique.

« Quand finira tout ceci ? dit-il d'une voix étranglée, saccadée, qui semblait ne pas lui appartenir, en roulant autour de lui des yeux furi-

(1) *L'Étoile polaire,* almanach publié en 1823, 24 et 25, à la rédaction duquel avaient contribué la plupart de ceux qui jouèrent un rôle dans la conspiration du 14 décembre 1825, lors de l'avénement de l'empereur Nicolas.

bonds. On vit, on attend, on espère que tout ira mieux, qu'il y aura moyen de respirer un peu, et, au contraire, tout va de mal en pis! On nous a mis au pied du mur! Dans ma jeunesse, j'ai tâté de tout! peut-être... m'a-t-on battu... Oui! ajouta-t-il en tournant court sur ses talons comme pour se précipiter sur moi; arrivé à l'âge d'homme, j'ai reçu des punitions corporelles... oui! — je ne parle même pas des autres injustices... Mais faudra-t-il donc revenir à ces temps-là? — Que fait-on de la jeunesse, à présent? — Mais cela épuise à la fin toute patience! Nous sommes à bout! Oui! attendez!... »

Je n'avais jamais vu Babourine dans un pareil état. Muse était devenue toute pâle... Tout à coup Babourine fut pris d'un accès de toux et se laissa tomber sur un banc. Ne voulant gêner par ma présence ni Muse ni lui, je pris le parti de m'en aller, et je lui disais adieu, lorsque la porte de la chambre voisine s'ouvrit de nouveau et une tête parut... non plus la tête de la cuisinière, mais une tête de jeune homme, effarée, les cheveux en désordre.

« Malheur, Babourine, malheur! » balbutia-t-il avec précipitation, mais il disparut aussitôt en voyant une figure inconnue.

Babourine s'élança à sa suite. Je serrai forte-

ment la main de Muse et je m'éloignai le cœur
plein de mauvais pressentiments.

« Venez demain, murmura-t-elle tout émue.

— Je viendrai certainement, » lui répondis-je.

Le lendemain, je n'étais pas encore levé lorsque mon domestique m'apporta une lettre de
Muse.

« Monsieur Pierre Pétrovitch, m'écrivait-elle,
cette nuit, Paramone Sémionitch a été arrêté par
les gendarmes et emmené à la forteresse, ou je ne
sais où ; on ne m'en a rien dit. On a fouillé dans
tous nos papiers, on en a décacheté beaucoup
qu'on a emportés. Nos lettres et nos livres aussi.
On dit qu'il y a beaucoup de personnes arrêtées
dans la ville. Vous pouvez vous figurer ce que je
ressens. Par bonheur, Nicandre Vavilitch n'a pas
vécu pour voir cela ! Il est parti à temps. Con-
seillez-moi sur ce que je dois faire. Je ne crains
pas pour moi, — je ne mourrai pas de faim, —
mais la pensée de Paramone Sémionitch ne me
quitte pas. Venez, je vous en prie, si vous ne
craignez pas de visiter des gens dans notre position.

« Votre servante,

« MUSE BABOURINE. »

Une demi-heure plus tard, j'étais chez Muse. En me voyant, elle me tendit la main, et, bien qu'elle ne prononçât pas une parole, une expression de reconnaissance traversa ses traits. Elle avait sa robe de la veille ; tout en elle indiquait qu'elle ne s'était pas couchée et qu'elle n'avait pas dormi de la nuit. Ses yeux étaient rougis par l'insomnie, non par les larmes. Elle ne pleurait pas, elle avait bien autre chose en tête. Elle voulait agir, elle voulait lutter avec le malheur qui la frappait ; la Muse d'autrefois, énergique, volontaire, était ressuscitée en elle. Elle n'avait pas même le temps de s'indigner en paroles, bien que l'indignation l'étouffât. Une seule idée l'absorbait : comment secourir Babourine, à qui s'adresser pour adoucir son sort ? Elle voulait sur-le-champ aller... supplier... réclamer... Mais où aller ? Implorer qui ? Réclamer quoi ? Voilà ce qu'elle désirait savoir de moi, voilà à quel sujet elle désirait prendre mon conseil.

Je lui conseillai avant tout... la patience. Dans les premiers moments, il n'y avait en effet qu'une chose à faire, attendre, et, autant que cela serait possible, prendre des informations. Il eût été absurde d'entreprendre n'importe quoi de précis, lorsque l'affaire ne s'était pas encore dessinée. Compter sur le succès eût été peu raisonnable quand même j'aurais joui d'une influence beaucoup plus grande... Mais que pouvait faire un petit employé comme moi ? Quant à Muse, elle n'avait aucune protection.

J'eus de la peine à lui faire comprendre tout cela : elle finit pourtant par se laisser convaincre ; elle comprit aussi que je ne me laissais guider par aucun sentiment égoïste en lui prouvant l'inutilité de toute démarche.

Pendant toute cette conversation, elle s'était tenue debout, toujours prête, semblait-il, à courir au secours de Babourine. Une fois convaincue, elle finit par s'asseoir.

« Maintenant, Muse Pavlovna, lui dis-je alors, expliquez-moi comment il se fait que Babourine, à son âge, se soit fourré dans de pareilles histoires ? Je suis sûr que tous ceux qui sont mêlés là-dedans sont des jeunes gens, dans le genre de celui qui est venu hier vous avertir...

— Ces jeunes gens sont nos frères ! » s'écria Muse. Ses yeux se mirent à briller et à courir, comme jadis. Quelque chose de violent et d'indomptable sembla se soulever du fond de son âme. Le nom de « nouveau type » que Tarkhof lui avait donné me revint tout à coup à la mémoire. « L'âge ne fait rien du tout, continuat-elle, quand il s'agit de convictions politiques ! »

22

Muse appuya fortement sur ces deux derniers mots. Au milieu de tout son chagrin, on eût dit qu'elle trouvait une sorte de secret plaisir à se montrer à moi sous un aspect nouveau, celui d'une femme cultivée et mûrie, digne en un mot d'être la femme d'un républicain.

« Il y a des vieillards qui sont plus jeunes que bien des jeunes gens, reprit-elle, qui sont plus capables de se sacrifier... Mais la question n'est pas là.

— Il me semble, Muse Pavlovna, répliquai-je, que vous exagérez un peu. Connaissant le caractère de Paramone Sémionitch, j'étais persuadé d'avance qu'il sympathiserait à toutes les... aspirations honnêtes; mais, d'un autre côté, je l'avais toujours considéré comme un homme sage. Comment n'a-t-il pas compris toute l'impossibilité, toute l'absurdité d'une conspiration chez nous, en Russie? Sa position, la classe à laquelle il appartient...

— Oui, interrompit Muse avec amertume, il n'est qu'un bourgeois; et, en Russie, les nobles seuls ont le droit de conspirer, comme au 14 décembre... C'est cela que vous vouliez dire, n'est-ce pas? »

En ce cas, de quoi vous plaignez-vous? avais-je envie de lui répliquer. Mais je me retins.

« Pensez-vous, lui dis-je d'un ton grave, que le résultat de la conspiration du 14 décembre soit de nature à en encourager d'autres ? »

Muse fronça le sourcil.

Ce n'est pas la peine de parler de cela avec toi ! semblait dire son visage détourné.

« Paramone Sémionitch est-il très-compromis ? » me décidai-je à lui demander enfin.

Muse ne répondit pas...

En ce moment un miaulement sauvage de chat famélique retentit dans le grenier. Muse tressaillit.

« Ah ! heureusement Nicandre Vavilitch n'a pas vu tout cela ! gémit-elle d'une voix désespérée. — Il n'a pas vu comment, au milieu de la nuit, on a enlevé de force son bienfaiteur, notre bienfaiteur, peut-être le meilleur et le plus honnête parmi tous les hommes ; — il n'a pas vu comment on a traité ce vieillard respectable, comment on lui a dit : *tu,* comment on l'a menacé, et de quoi on l'a menacé ! Et cela parce qu'il n'est qu'un bourgeois ! Cet officier, ce gamin, était sans doute aussi un de ces êtres sans cœur et sans conscience, comme moi-même... dans ma vie... j'ai eu le malheur... »

La voix lui manqua. Elle tremblait comme la feuille.

Son indignation, longtemps comprimée, éclatait enfin; ses anciens souvenirs, remués par cette secousse, remontaient à la surface... mais ce qui me frappa en ce moment, c'est que le « nouveau type » n'avait pas changé : c'était la même nature passionnée, toute d'entraînement...; toutefois la cause de l'entraînement était autre que jadis. Cette résignation, cet apaisement que j'avais cru remarquer lors de ma première visite, et qui existait en effet, ce regard émoussé, cette voix froide, ce calme et cette simplicité, tout cela n'avait de signification que par rapport au passé, à l'irréparable.

Maintenant, c'était le présent qui parlait.

Je m'efforçai de la calmer et de ramener la conversation sur un terrain plus pratique. Il fallait pourvoir au plus pressé, savoir d'abord exactement où l'on avait enfermé Babourine, trouver ensuite pour lui et pour Muse les ressources nécessaires pour subsister. Tout cela n'était pas sans offrir de grandes difficultés : il fallait trouver, non de l'argent, mais du travail, problème, comme on sait, beaucoup plus difficile à résoudre.

Je sortis de chez Muse, la tête remplie de projets qui se heurtaient confusément.

Je parvins sans trop de peine à savoir que Babourine était à la forteresse.

L'affaire commença, traîna en longueur. J'eus des entrevues plusieurs fois par semaine avec Muse. Elle-même vit plusieurs fois son mari. Mais, au moment de la conclusion de cette pénible histoire, je n'étais pas à Pétersbourg. Une affaire imprévue m'avait forcé de partir pour le midi de la Russie. Pendant mon absence, j'appris que Babourine avait été acquitté par le tribunal : la seule chose qu'on pût lui reprocher, c'était d'avoir permis que des jeunes gens se réunissent chez lui, — comme chez un homme qui n'éveillerait aucun soupçon, et d'avoir assisté à leurs conciliabules; mais, par mesure administrative, on l'avait envoyé en résidence dans un des gouvernements occidentaux de la Sibérie. Muse était partie avec lui.

« Paramone Sémionitch ne le voulait pas, m'écrivit-elle, parce que, à son point de vue, nul n'a le droit de se sacrifier pour un autre homme, mais seulement pour l'*œuvre*. Je lui ai répondu qu'il n'y avait là aucun sacrifice. Le jour où je lui avais dit, à Moscou, que je serais sa femme, j'avais pensé en moi-même : C'est pour la vie, c'est sans retour. Et cela doit rester ainsi jusqu'à la mort. »

22.

IV.

(1861)

Douze années s'écoulèrent encore... Tous les Russes savent, — et ils ne l'oublieront jamais, — ce qui s'est accompli entre ces deux dates, 1849 et 1861. Dans ma vie privée aussi, bien des changements avaient eu lieu, sur lesquels je n'insisterai pas : de nouveaux soucis, de nouveaux intérêts y avaient trouvé place. Ma sollicitude pour les Babourine était passée au second plan, puis avait fini par s'effacer. J'entretenais pourtant encore avec Muse une correspondance, peu régulière il est vrai; il se passait quelquefois plus d'une année sans que j'eusse des nouvelles des exilés. J'appris que, peu de jours après l'année 1855, Babourine avait reçu la permission de revenir en Russie, mais qu'il avait préféré rester dans la petite ville de Sibérie où la destinée l'avait jeté, où sans doute il avait fait son nid, trouvé un asile et une sphère d'activité.

Tout à coup, vers la fin de mars 1861, je reçus de Muse la lettre suivante :

« Il y a si longtemps que je ne vous ai écrit, très-honoré Pierre Pétrovitch, que je ne sais plus si vous êtes encore vivant, et, en tout cas, si vous vous rappelez notre existence ; n'importe, il m'est impossible de ne pas vous écrire aujourd'hui. Tout allait chez nous son train habituel. Paramone Sémionitch et moi, nous nous occupions de nos écoles, qui se développent petit à petit ; nous passions notre temps à lire, à écrire, à discuter comme d'ordinaire avec des vieux croyants, des hommes d'église et des exilés polonais ; sa santé était assez bonne, la mienne aussi. Mais voilà qu'hier nous recevons le manifeste du 19 février (1) ! Depuis longtemps nous l'attendions, depuis longtemps des bruits couraient sur ce qui se passait là-bas à Pétersbourg... mais c'est égal, je n'espère pas vous décrire l'effet que cela a produit. Vous connaissez bien le caractère de mon mari : le malheur ne l'a pas changé, au contraire, il est devenu encore plus fort et plus énergique. Il a une volonté de fer. Mais pour le coup, il n'a pas pu résister ! ses mains tremblaient pendant qu'il lisait ; puis il me prit trois fois dans ses bras, et trois fois il me baisa ; il voulait parler, mais il ne put pas dire un mot, et il finit

---

(1) L'émancipation dés serfs.

par fondre en larmes, ce qui était bien extraordinaire à voir ; puis tout à coup il s'écria : « Hourrah ! hourrah ! Dieu protége le tsar ! »

« Oui, Pierre Pétrovitch, ce sont ses propres paroles ! Après quoi, il ajouta : « *Nunc dimittis*..... Maintenant je peux mourir. » Et encore : « C'est le premier pas, les autres doivent suivre. » Et, sans se donner le temps de prendre un bonnet, il courut tête nue annoncer la grande nouvelle à nos amis. Je voulus le retenir, car il gelait très-fort, et il y avait même un peu de chasse-neige, mais je ne parvins pas à me faire écouter ; et quand il revint à la maison, il était tout couvert de neige ; ses cheveux, son visage, sa barbe, — qui lui descend à présent jusque sur la poitrine, — et ses larmes mêmes étaient gelées sur ses joues ! Mais il était très-gai et très-joyeux ; il m'ordonna de déboucher une bouteille de champagne du Don, et, en compagnie de ses amis, qu'il avait ramenés avec lui, il but à la santé du tsar, et de la Russie, et de tous les hommes libres sur la terre russe ; il prit un verre et dit, les yeux baissés vers la terre : « Nicandre, Nicandre, m'entends-tu ? Il n'y a plus d'esclaves en Russie ! Réjouis-toi dans ta tombe, mon vieux camarade ! » Il dit encore beaucoup d'autres choses du même genre : « Mes espérances sont

réalisées. » Il ajouta que revenir en arrière maintenant est impossible ; que c'est, en son genre,
un gage ou une promesse... Je ne me rappelle
pas tout ce qu'il a dit, mais il y a longtemps que
je ne l'avais vu si heureux. Voilà ! Je me suis
décidée à vous écrire, afin que vous sachiez quelle
joie et quelle allégresse nous avons éprouvées
dans les lointains déserts de la Sibérie, et afin
que vous vous réjouissiez avec nous... »

J'avais reçu cette lettre à la fin de mars. Au
commencement de mai, j'en reçus une autre, fort
courte, écrite aussi par Muse. Elle m'annonçait
que son mari, Paramone Sémionitch Babourine,
ayant pris froid le jour de l'arrivée du manifeste,
avait rendu le dernier soupir le 2 avril, à la suite
d'une fluxion de poitrine, âgé de soixante-sept
ans. Elle ajoutait qu'elle était décidée à rester là
où son mari serait enseveli, et qu'elle continue-
rait la tâche commencée par lui, — parce que
telle avait été la dernière volonté de Paramone
Sémionitch, — et qu'elle ne connaissait pas d'autre loi que cette volonté.

Depuis lors, je n'ai plus jamais entendu parler
de Muse.

LES NOTRES M'ONT ENVOYÉ.....

ÉPISODE DES JOURNÉES DE JUIN 1848, A PARIS.

─────────

..... C'était la quatrième de ces mémorables journées, qui sont inscrites en sanglants caractères dans les pages de l'histoire de France.

J'habitais alors une maison aujourd'hui disparue, au coin du boulevard des Italiens et de la rue de la Paix. Depuis les premiers jours de juin, il y avait dans l'air comme une odeur de poudre ; une collision décisive était imminente. Un détail précipita les choses : Marie, membre du gouvernement provisoire, ayant reçu les délégués des ateliers nationaux tout récemment supprimés, laissa échapper, dans son allocution, le mot « esclaves », qu'ils regardèrent comme une insulte. A partir de cette entrevue, le moment où devait éclater la lutte fatale ne fut plus une question de jours, mais une question d'heures.

« Est-ce pour aujourd'hui ? » C'est avec ces mots qu'on s'abordait tous les matins.

« Ça a commencé, » me dit la blanchisseuse qui
m'apportait mon linge, le vendredi 23 juin.

Elle me raconta qu'une grande barricade cou-
pait le boulevard, non loin de la Porte-Saint-
Denis. Je me dirigeai immédiatement de ce côté.

Sur mon chemin, je ne vis d'abord rien d'extraordinaire. C'étaient les mêmes attroupements
devant les magasins et les cafés, le même mouvement de voitures et d'omnibus ; les visages étaient
un peu plus animés, on parlait plus haut et,
chose étrange, d'un ton plus gai... Voilà tout.

Mais, à mesure que j'avançais, la physionomie
du boulevard se modifiait. Les voitures deve-
naient rares ; les omnibus avaient disparu ; les
magasins et même les cafés se hâtaient de fermer
leurs devantures ; un bon nombre étaient déjà
fermés ; la foule s'éclaircissait visiblement. En
revanche, dans toutes les maisons, du haut jusqu'en bas, les fenêtres étaient grandes ouvertes,
et à ces fenêtres, ainsi qu'au seuil des portes, se
pressaient une foule de figures, principalement
de femmes, d'enfants, de servantes, de bonnes ;
— tous ces gens-là causaient et riaient ; ils ne
criaient pas, mais ils s'appelaient entre eux, regardaient de côté et d'autre, se saluaient de la
main, comme on fait au théâtre, avant que la toile
se lève. Cette foule semblait uniquement animée

de l'insouciante curiosité d'un jour de fête. Les
rubans de diverses couleurs, les fichus, les bon-
nets, les vêtements blancs, bleus ou roses, papil-
lotaient gaiement à la vive lumière d'un soleil
d'été, et bruissaient et frémissaient, agités par
une légère brise, tout comme les feuilles des peupliers, — des arbres de la liberté, — que l'on
avait plantés partout.

« Est-il possible qu'ici même, tout à l'heure,
dans dix minutes, dans cinq minutes, on aille se
battre, verser du sang ? me disais-je. Cela ne se
peut pas ! C'est une comédie qui se joue ! Quant
à la tragédie, il n'y a pas à y penser... pour le
moment. »

Mais voici que tout à coup, devant moi, cou-
pant le boulevard en biais dans toute sa largeur,
se dessina le profil inégal d'une barricade, haute
d'environ trois mètres. Juste au milieu, parmi
d'autres étendards aux trois couleurs, brodés
d'or, un étroit drapeau rouge, — présage sinistre,
— agitait à droite et à gauche sa petite langue
effilée. Quelques blouses paraissaient derrière la
crête de cet amoncellement de pierres grises.

Je me rapprochai davantage. Devant la barricade, l'espace était à peu près vide ; une cinquan-
taine de flâneurs, pas davantage, arpentaient le
pavé d'un air désœuvré et pourtant inquiet. A

23

cette époque, les boulevards n'étaient pas encore macadamisés.

Les hommes en blouse échangeaient des plaisanteries avec les curieux : l'un d'eux, qui portait un ceinturon blanc de soldat, leur tendait une bouteille débouchée et un verre à demi plein, comme pour les inviter à venir boire ; à côté de lui, un autre, qui portait en bandoulière un fusil à deux coups, criait d'une voix traînante :

« Vivent les ateliers nationaux ! Vive la république démocratique et sociale ! »

A deux pas plus loin se tenait une grande femme aux cheveux noirs, vêtue d'une robe rayée, qui portait aussi un ceinturon où elle avait passé un pistolet ; elle seule ne riait pas ; rêveuse et morne, elle fixait obstinément devant elle le regard de ses grands yeux sombres.

Je traversai le boulevard, et, en compagnie de cinq ou six flâneurs comme moi, j'allai me ranger le long du mur de la maison où il y avait alors, où se trouve encore aujourd'hui, une fabrique de gants Jouvin ; c'est le point où le boulevard commence à dévier de la ligne droite. Les jalousies des fenêtres de cette maison étaient baissées. En ce moment encore, malgré les pressentiments et l'attente des jours précédents, je ne pouvais me figurer que la chose prît une tournure sérieuse.

Cependant le bruit des tambours grandissait et se rapprochait. Depuis le matin, la batterie caractéristique du rappel retentissait dans toutes les rues. Quelques instants après, j'aperçus une colonne de garde nationale qui, oscillant avec lenteur et s'allongeant et ondoyant comme une longue chenille noire, débouchait à gauche sur le boulevard, à deux cents pas de la barricade ; les arêtes aiguës des baïonnettes scintillaient au soleil en petits éclairs rapides ; quelques officiers à cheval s'avançaient en tête.

Quand la colonne eut atteint le côté opposé du boulevard qu'elle occupait ainsi dans toute sa largeur, elle fit un mouvement de front vers la barricade et s'arrêta, constamment renforcée en arrière par de nouveaux rangs qui rendaient toute la masse de plus en plus compacte et profonde.

L'arrivée de cette foule d'hommes, loin d'augmenter les bruits de la rue, avait amené un singulier apaisement : on parlait moins haut, les rires étaient plus courts et plus rares ; tous les bruits parurent comme soudainement assourdis par un voile de gaze. Entre la ligne de garde nationale et la barricade, il s'était formé un grand espace vide, où glissaient, menus et pointus, et tournoyant légèrement sur eux-mêmes, deux ou trois tourbillons de poussière jaunâtre,

et où un petit chien blanc tacheté de noir errait
çà et là sur ses pattes grêles, en regardant de côté
et d'autre.

Tout à coup un bruit dur, sec et bref retentit;
venait-il d'en haut ou d'en bas, d'en avant ou
d'en arrière? — impossible à dire!... Il ressemblait moins à une décharge d'arme à feu, qu'au
bruit d'une barre de fer tombée lourdement sur
le pavé. Il se fit aussitôt un silence étrange; on
attendait... on ne respirait plus... L'air lui-
même semblait s'être arrêté pour écouter... En
ce moment, juste au-dessus de ma tête, éclata un
fracas terrible; on eût dit une énorme toile
brusquement déchirée... C'étaient les insurgés
qui tiraient à travers les jalousies de l'étage supé-
rieur de la maison Jouvin, occupée par eux.

Mes voisins et moi, nous nous hâtâmes de filer
le long des maisons du boulevard (je me souviens
que j'eus le temps d'apercevoir devant moi, sur
l'espace vide, un homme qui rampait à quatre
pattes, un képi à pompon rouge tombé à terre,
et le petit chien tacheté roulant dans la poussière);
la première rue que nous rencontrâmes nous servit de refuge. Nous y fûmes rejoints par une
trentaine d'autres curieux, parmi lesquels un
jeune homme de vingt ans qui avait le pied traversé par une balle. Sur le boulevard, derrière

nous, les coups de fusil crépitaient sans interruption. Nous passâmes dans une autre rue, celle de l'Échiquier, si je ne me trompe. Une de ses extrémités était fermée par une petite barricade sur laquelle gambadait un gamin de douze ans qui prenait des poses d'acteur en brandissant un sabre turc; tout près de là, un gros garde national, pâle comme un linge, s'en allait en courant, trébuchant et gémissant à chaque pas... Des gouttes de sang vermeil tombaient de la manche de son uniforme.

La tragédie était commencée, et il n'y avait plus moyen de douter qu'elle ne fût sérieuse, bien que personne, même en ce moment-là, ne pût soupçonner les proportions qu'elle devait prendre.

N'ayant aucune raison pour me battre d'un côté ni de l'autre des barricades, je me dirigeai vers mon logis.

La journée entière se passa dans une agitation indicible. Il faisait une chaleur étouffante. Je ne quittai pas le boulevard des Italiens, complétement obstrué par une foule très-mêlée. On colportait les bruits les plus invraisemblables, modifiés sans relâche par de nouvelles versions encore plus fantastiques. Vers le soir, un seul fait était hors de doute : c'est que les insurgés tenaient presque la moitié de Paris. Des barri-

23.

cades s'élevaient de tous côtés, — principalement
sur la rive gauche ; — la troupe occupait les points
stratégiques : une lutte à outrance se préparait.

Le jour suivant, dès le grand matin, l'aspect
des boulevards, et en général de la portion de
Paris non occupée par les insurgés, fut transformé comme par un coup de baguette. Un ordre
du général Cavaignac, commandant de l'armée
de Paris, interdisait toute circulation dans les
rues. En exécution de cet ordre, les gardes nationaux de Paris et de la province stationnaient sur
les trottoirs et surveillaient les maisons qu'ils
habitaient ; les troupes régulières et la garde
mobile combattaient ; les étrangers, les femmes,
les enfants, les vieillards, les malades devaient
rester chez eux et tenir toutes leurs fenêtres
grandes ouvertes, afin qu'une embuscade fût
impossible.

En un clin d'œil, ce fut comme une ville morte.
A peine entendait-on rouler de temps à autre
une malle-poste, ou bien une voiture de médecin,
constamment arrêtée par les factionnaires, à qui
il fallait montrer le permis de circulation ; parfois, c'était une batterie qui passait avec son fracas brutal et lourd, se dirigeant du côté de la
lutte ; parfois, un détachement d'infanterie re-
montait rapidement le boulevard, sans musique

et sans cris; ou un aide de camp, penché sur le
cou de son cheval, suivait au grand galop le milieu du pavé.

Ce furent des journées douloureuses et terribles : ceux qui ne les ont pas traversées ne
peuvent s'en faire une idée juste. Pour les Français, cela va sans dire, la situation était cruelle :
ils pouvaient croire que leur patrie, que la société
tout entière allait se désagréger et tomber en
poussière; mais si l'anxiété d'un étranger, con-
damné à une inaction involontaire, n'était pas
plus affreuse que leur agitation, que leur désespoir, à coup sûr elle était plus énervante. Qu'on
se figure une chaleur torride; la défense absolue
de sortir; les fenêtres béantes laissant pénétrer
un air embrasé, une lumière aveuglante; quant
à essayer de lire, d'écrire, de s'occuper n'importe
comment, il n'y fallait pas même songer...

Cinq fois, dix fois par minute, on entendait le
terrible boum! du canon; par intervalles, on
croyait distinguer le crépitement de la fusillade,
le murmure confus de la bataille... Dans la rue,
un vide absolu. Sous les rayons d'un soleil im-
placable, l'air surchauffé vibre, les pavés prennent
une teinte de soufre; le long des trottoirs, partout des visages anxieux de gardes nationaux
immobiles, — et pas un seul des bruits de la vie

ordinaire! On avait devant soi, de tous côtés, un immense espace vide, et l'on se sentait à l'étroit comme dans une prison ou dans un tombeau.

Vers midi, le spectacle change. On commence à transporter les morts et les blessés. Je vis passer sur une civière un homme aux cheveux gris, au visage blanc comme l'oreiller sur lequel il reposait : c'était le député Charbonnel, mortellement blessé... Les têtes se découvraient silencieusement devant lui ; mais il ne voyait pas ces marques de douloureux respect : ses yeux étaient fermés.

Tantôt c'était un groupe de prisonniers qui passaient, conduits par des gardes mobiles, de tout jeunes gens, presque des enfants, sur qui on avait compté fort peu dès l'abord, mais qui se battirent comme des lions... Quelques-uns portaient au bout de leurs baïonnettes les képis ensanglantés de leurs camarades morts, ou des fleurs que les femmes leur avaient jetées par les fenêtres. — « Vive la république! Vive la mobi-i-ile! » crient des deux côtés du boulevard les gardes nationaux, en prolongeant d'une manière étrange et lugubre la dernière syllabe. — Les prisonniers marchent sans lever les yeux, tassés, pressés, serrés les uns contre les autres comme des moutons ; la plupart étaient en haillons et nu-tête ; quelques-uns avaient les mains liées.

Et la canonnade continue, continue sans cesse ! Un ébranlement lourd et monotone plane dans l'air et pèse sur nos têtes, sur nos poitrines, en même temps que la chaleur étouffante. Vers le soir, des fenêtres de ma chambre, au quatrième étage, j'entends quelque chose de nouveau : le brouhaha confus et lointain de la bataille, le ronflement du canon est brusquement coupé par de rapides feux de file beaucoup plus rapprochés, qui me rappellent le bruit strident d'un éventail vivement déployé...

« Ce sont, me dit quelqu'un, des insurgés que l'on fusille dans les mairies. »

Et les heures succèdent aux heures !... Impossible de dormir, même la nuit. Si j'essayais de descendre sur le boulevard, d'aller jusqu'à la première rue pour prendre des nouvelles, ou tout simplement pour respirer l'air frais, j'étais aussitôt arrêté, interrogé : « Qui êtes-vous ? D'où venez-vous ? Où demeurez-vous ? Pourquoi n'êtes-vous pas en uniforme ? » Et, en apprenant que j'étais étranger, on me regardait d'un air soupçonneux, on m'ordonnait de retourner chez moi. Une fois même, il y eut un garde national venu de province (ceux-là étaient les plus ardents) qui voulait absolument m'arrêter parce que j'étais en veston

du matin. « Vous avez mis ce vêtement pour pac-
tiser plus à l'aise avec les insurgés, criait-il fré-
nétiquement ; qui sait si vous n'êtes pas un agent
russe, avec de l'or dans vos poches pour fomen-
ter nos troubles ? » Je lui proposai de regarder
dans mes poches, mais cela le rendit encore plus
furieux. En ce moment-là, on ne voyait partout
que l'or russe, les agents russes ; beaucoup d'autres inventions également absurdes surgissaient
dans ces cerveaux surexcités et bouleversés.

Je le répète, ce furent des heures terribles.

Trois jours s'écoulèrent dans cette torture, —
le mot n'est pas trop fort. — Le quatrième jour
(26 juin) arriva. Les nouvelles du lieu de la lutte
parvenaient assez facilement jusqu'à nous, trans-
mises de bouche en bouche le long des boulevards. Nous savions déjà, par exemple, que le
Panthéon était repris, que toute la rive gauche
était au pouvoir des troupes, que les insurgés
avaient fusillé le général Bréa, que Mgr Affre était
blessé à mort, et que seul le faubourg Saint-An-
toine résistait encore. Je me rappelle un détail
qui me frappa : nous étions en train de lire une
proclamation dans laquelle le général Cavaignac
faisait un suprême appel au sentiment patriotique, qui ne s'éteint jamais même dans les cœurs
les plus endurcis... En ce moment, un officier de

hussards passa à bride abattue sur le boulevard ;
il figurait avec le pouce et l'index de la main
droite un cercle de la grosseur d'une pomme, et
criait à tue-tête : « Voilà de quelle grosseur sont
les balles qu'ils tirent sur nous ! »

Dans la même maison que moi, et dans le même
escalier, demeurait un écrivain allemand d'une
certaine réputation, nommé H...g, que je connaissais : je montais souvent chez lui pour me
soulager un peu, pour me fuir moi-même, pour
me soustraire enfin au supplice du désœuvrement
et de la solitude.

Le 26, au matin, j'étais chez lui ; il finissait de
déjeuner quand tout à coup un garçon entra, le
visage complétement bouleversé.

« Qu'y a-t-il ?

— Monsieur... Il... y... il y a une blouse qui
demande à vous parler.

— Une blouse ? quelle blouse ?

— Un homme en blouse, un ouvrier : c'est un
vieux ; il demande le citoyen H...g. Faut-il le
recevoir ? »

H...g échangea un regard avec moi.

« Recevez-le, » dit-il enfin.

Le garçon se retira en répétant à part lui :

« Un homme en blouse ! »

Cette idée l'épouvantait, et cependant, quelques

mois à peine auparavant, à la suite des journées
de Février, la blouse n'était-elle pas considérée
comme le costume le plus à la mode, le plus décent et le mieux porté ? Moi-même, au Théâtre-
Français, dans une représentation *gratis,* destinée au peuple, n'avais-je pas vu, de mes yeux vu,
les élégants, les raffinés du beau monde, vêtus de
blouses blanches et bleues, sous lesquelles les
cols et les jabots empesés faisaient une singulière
figure ? Mais autres temps, autres mœurs : pendant les journées de Juin, à Paris, la blouse était
devenue le signe de réprobation, la marque de
Caïn ; elle n'éveillait plus qu'un sentiment d'horreur et de haine.

Le garçon rentra et, non sans un secret frémissement, livra passage à l'homme qui le suivait. Cet homme était, en effet, vêtu d'une blouse,
d'une vieille blouse bleue, toute déchirée. Ses
pantalons et ses souliers étaient aussi salis et
rapiécés ; un chiffon rouge était noué autour de
son cou ; une énorme masse de cheveux gris em-
mêlés, qu'au premier instant j'avais pris pour un
bonnet, lui retombait jusque sur les sourcils.
Sous cette espèce de coiffure se dressait un nez
long et arqué, et deux petits yeux ternes, des
yeux de vieillard, aux paupières enflammées, clignotaient tristement. Ces joues hâves et creuses ;

ce visage tout couvert de rides, profondes comme des balafres ; cette bouche large et déformée ; cette barbe inculte, ces mains rouges et rudes, et surtout cette courbure particulière qu'impriment à l'épine dorsale de longues années d'un travail trop lourd... il n'y avait pas à en douter : nous avions devant nous un de ces travailleurs affamés et misérables qui grouillent obscurément dans les couches inférieures des sociétés civilisées.

« Le citoyen H...g ? demanda-t-il d'une voix rauque.

— C'est moi, répondit le poëte allemand, non sans un certain trouble.

— Vous attendez votre fils de Berlin, avec sa bonne ?

— En effet... Comment le savez-vous ? Il a dû partir il y a trois jours... mais je supposais...

— Votre fils est arrivé hier ; mais, comme la station du chemin de fer de Saint-Denis est entre les mains des nôtres — (en entendant ces mots « les nôtres », le garçon faillit bondir d'épouvante), — et qu'il n'y avait pas moyen de l'envoyer ici, on l'a emmené chez une de nos femmes, — voilà son adresse écrite sur ce papier, — et les nôtres m'ont dit de venir chez vous pour vous dire de ne pas vous inquiéter. La bonne aussi est avec lui ; ils sont bien logés, on leur donnera à

24

manger à tous deux. Il n'y a aucun danger.
Quand tout sera fini, vous irez les chercher avec
ce papier. Adieu, citoyen. »

Le vieillard se dirigea vers la porte.

« Attendez ! attendez ! s'écria vivement H...g,
ne partez pas encore ! »

Le vieillard s'arrêta, mais sans tourner son
visage vers nous.

« Est-il possible, continua H...g, que vous
soyez venu ici uniquement pour me rassurer sur
le sort de mon fils, moi qui suis un inconnu pour
vous ! »

Le vieillard releva lentement sa tête courbée.

« Oui. Les nôtres m'ont envoyé.

— Pour cela seulement ?

— Oui. »

H...g joignit les mains.

« Mais, permettez, je... je ne sais réellement
que dire ! Je ne comprends pas comment vous
avez pu arriver jusqu'ici. Bien certainement, on
vous a arrêté à tous les coins de rue ?

— Oui.

— On vous a demandé où vous s alliez et pour
quoi ?

— Oui. On regardait toujours mes mains pour
voir s'il n'y avait pas de traces de poudre. Il y
en avait qui les flairaient. J'ai même rencontré-

un officier... celui-là m'a menacé de me faire fusiller. »

H...g était muet d'étonnement; le garçon aussi écarquillait les yeux. « C'est trop fort ! » murmuraient involontairement ses lèvres blêmies.

« Adieu, citoyen, » dit brusquement le vieillard, comme bien décidé à partir.

H...g se précipita au-devant de lui et le retint.

« Attendez, attendez, laissez-moi vous remercier... »

Il fouillait déjà dans ses poches.

Le vieillard étendit en signe de refus sa large main, dont les doigts ne se déployaient plus, rabougris par le travail.

« Ne vous dérangez pas, citoyen, je ne prendrai pas d'argent.

— Mais alors, au moins permettez-moi de vous offrir... à déjeuner... un verre de vin... n'importe quoi...

— Ça n'est pas de refus, dit le vieillard après un court silence. Depuis deux jours, je n'ai quasiment rien mangé. »

H...g envoya immédiatement le garçon chercher à déjeuner, et, en attendant, invita son hôte à s'asseoir. Celui-ci se laissa péniblement tomber sur une chaise, mit ses deux mains sur ses genoux et inclina la tête.

H...g se mit à le questionner... mais le vieillard lui répondait de mauvaise grâce, d'un ton bourru : évidemment il était très-fatigué ; d'ailleurs, il n'éprouvait ni agitation ni crainte, tout lui était indifférent. Et puis la conversation avec un « bourgeois » n'était pas de son goût. A déjeuner, cependant, il s'anima quelque peu. Il avait commencé par boire et manger avec avidité, puis, petit à petit, sa langue se délia.

« En février, dit-il, nous avons promis au gouvernement provisoire d'attendre trois mois ; les trois mois sont passés, et la misère est toujours la même, — elle est encore pire. Le gouvernement provisoire nous a trompés ; il a beaucoup promis, et il n'a rien tenu. Il n'a rien fait pour les travailleurs, le gouvernement provisoire. Nous avons mangé tout notre argent ; l'ouvrage ne va plus nulle part ; les affaires sont arrêtées... Et on appelle ça une république ! Alors, périr pour périr, nous nous sommes décidés !

— Mais permettez, fit observer H...g, que pouviez vous attendre d'un soulèvement aussi insensé ?

— Périr pour périr !... » répéta le vieillard. Il s'essuya soigneusement les lèvres, plia sa serviette, dit : « Merci ! » et se leva.

« Vous vous en allez ? s'écria H...g.

— Oui, il faut que je retourne là-bas. A quoi bon rester ici ?

— Mais si vous retournez, on va certainement vous arrêter en chemin, et peut-être vous fusiller, cette fois ?

— Possible. Eh bien, après ? Tant que je suis en vie, il faut que je me procure du pain pour ma famille ; comment me le procurerai-je, ce pain ? Tandis que, si on me tue, les nôtres ne laisseront pas des orphelins sans secours. Adieu, citoyen.

— Dites-moi au moins votre nom ! Je voudrais savoir le nom d'un homme qui a tant fait pour moi !

— Vous n'avez pas besoin du tout de savoir mon nom. A dire vrai, ce que j'ai fait, je ne l'ai pas fait pour vous. Ce sont les nôtres qui me l'ont ordonné. Adieu. »

Et le vieillard sortit, accompagné du garçon.

Ce même jour, l'insurrection fut complétement étouffée. Aussitôt que les voies furent libres, H...g, au moyen de l'adresse qu'il avait reçue, trouva la femme qui donnait l'hospitalité à son petit garçon. Le mari et le fils de cette femme étaient en prison ; un autre de ses fils était mort sur une barricade ; son neveu avait été fusillé. Elle aussi refusa d'accepter de l'argent; mais, montrant du doigt deux petites filles qui couraient par la chambre (les enfants du fils qui avait été tué), elle dit : « Si jamais j'ai besoin de demander quelque chose pour ces enfants-là, que votre petit garçon se souvienne d'elles. »

Le sort du vieillard qui était venu chez H...g nous resta inconnu. Il eût été difficile de ne pas être frappé de l'action de cet homme, de la simplicité inconsciente, presque grandiose, avec laquelle il avait rempli sa mission. Évidemment, il ne lui était pas venu à l'esprit qu'il faisait quelque chose d'extraordinaire en se sacrifiant. Et ceux qui l'avaient envoyé, ceux qui, au plus fort d'une lutte désespérée, avaient pu songer aux tourments du cœur d'un « bourgeois » inconnu, et prendre souci de le tranquilliser, leur conduite n'est-elle pas aussi un sujet de graves réflexions ? Vingt-deux ans plus tard, il est vrai, des gens semblables à eux ont incendié Paris et fusillé les otages; mais quiconque connaît un peu le cœur humain ne sera point surpris de ces contradictions.

FIN.

TABLE DES MATIÈRES.

Paris. — Typ. Georges Chamerot, rue des Saints-Pères, 19.